LA VIE

DE

SCARAMOUCHE

TIRÉ A 300 EXEMPLAIRES

tous numérotés.

1 sur parchemin.
10 sur papier du Japon.
12 sur papier Whatman.
11 sur papier de Chine véritable.
266 sur papier de Hollande.

300

N° 149

Outre l'épreuve avec lettre sur papier de Hollande, l'EXEMPLAIRE UNIQUE contient des épreuves, *avant la lettre*, en *bistre* et en *noir*, sur *parchemin*, sur papier du *Japon*, sur *Whatman*, sur *Chine volant* et sur *Chine monté*.

Outre l'épreuve avec lettre sur papier de Hollande, les exemplaires sur Japon, sur Whatman et sur Chine contiennent des épreuves, *avant la lettre*, en *bistre* et en *noir*, sur leur papier respectif.

Paris. — Imprimerie Gauthier-Villars, 55, quai des Grands-Augustins.

LA VIE

DE

SCARAMOUCHE

PAR

MEZETIN

Réimpression de l'édition originale (1695)

Avec une introduction et des notes par

LOUIS MOLAND

Et un portrait d'après Bonnart par

EUGÈNE GERVAIS

PARIS

JULES BONNASSIES, LIBRAIRE-ÉDITEUR

32, rue Serpente

M D CCC LXXVI

INTRODUCTION

I

On est assez instruit à présent du rôle que jouèrent en France les comiques italiens avant la grande époque de notre propre comédie et même en concurrence avec celle-ci. De tous les acteurs que l'Italie nous envoya et qui aidèrent à l'essor de notre génie comique, celui qui a laissé en France les plus profondes traces, c'est assurément Tiberio Fiorilli, faisant le personnage de Scaramouche.

Et cela est facile à comprendre lorsqu'on voit le long séjour qu'il fit parmi nous. Il joua à Paris pendant plus de cinquante ans, sauf quelques interruptions et absences assez courtes. Il fournit une des plus longues carrières comiques que l'on connaisse. Puis, considérez qu'il accompagna, pour ainsi dire, toute notre belle littérature du XVIIe siècle. Scaramouche divertissait déjà les Parisiens lorsque Pierre Corneille leur donna le *Menteur*, et lui-même a pu figurer dans les premières pièces que Regnard fit représenter à l'hôtel de Bourgogne. Il pouvait bien se vanter d'avoir été applaudi par tout ce que notre nation eut de plus poli et de plus illustre.

Il est un moyen d'apprécier l'influence que posséda un acteur comique sur ses contemporains : c'est de constater ce qu'il a fourni de citations, de comparaisons piquantes aux écrivains de toute sorte. Or, pour peu que l'on soit familier avec ceux du XVIIe siècle, on conviendra que, si l'on en juge par là, nul bouffon n'est entré aussi avant que cet étranger dans la conversation publique. Lui et son compère Trivelin, on les met à toutes sauces. Écoutez d'abord la marquise de Sévigné. Elle écrit à Mme de Grignan (13 mars 1671) : « M. de Larochefoucauld a reçu très-plaisamment, chez Mme de Lavardin, le compliment que vous lui faites ; on a fort parlé de vous. M. d'Ambres y était avec sa cousine de Brissac ; il a paru s'intéresser beaucoup à votre prétendu naufrage. On a parlé de votre hardiesse. M. de Larochefoucauld a dit que vous aviez voulu paraître brave, dans l'espérance que quelque charitable personne vous en empêcherait, et que, n'en ayant point trouvé, vous aviez dû être dans le même embarras que Scaramouche. »

Ainsi, l'auteur des *Maximes* évoquait, au besoin, les souvenirs du théâtre Italien. Mme la duchesse d'Orléans, si nous en croyons le cardinal de Retz, a recours aux mêmes souvenirs pour caractériser l'attitude de son mari au dernier jour de la Fronde : « Je ferai la guerre, reprit Monsieur d'un ton guerrier, et plus facilement que jamais. Demandez-le à M. le cardinal de Retz. » Il croyait que je lui allais disputer cette thèse. Je m'aperçus qu'il le voulait, pour pouvoir dire après qu'il aurait fait des merveilles si on ne l'avait retenu. Je ne lui en donnai pas lieu, car je lui répondis froidement : « Sans doute, monsieur. — Le peuple n'est-il pas toujours à moi... ? » reprit le duc. Vous attendez après cela une grande résolution ou du moins une grande délibération. Rien de moins, et je ne vous saurais mieux expliquer l'issue de cette conférence qu'en vous suppliant de vous ressouvenir de ce que vous avez vu quelquefois à la comédie italienne. La comparaison est peu respectueuse, et je ne prendrais pas la liberté de la faire si elle était de mon invention : ce fut Madame elle-même à qui elle vint à l'esprit aussitôt que Monsieur fut sorti du cabinet, et elle la fit moitié en riant, moitié en pleurant. « Il me semble, dit-elle, que je vois Trivelin qui dit à Scaramouche : Que je t'aurais dit de belles choses si tu avais eu assez d'esprit pour me contredire! »

Le roman ne fait pas moins d'usage de ces rapprochements que l'histoire. Furetière, dans le *Roman bourgeois*, critiquant les notes des procureurs : « La même personne, dit-il, m'a fait voir que, pour un même acte, il y avait cinq ou six articles séparés, par exemple : pour le conseil, pour le mémoire, pour l'assignation, pour la copie, pour la présentation, pour la journée, pour le parisis, pour le quart en sus, etc., et il m'a dit ensuite qu'il s'imaginait être à la comédie italienne et voir Scaramouche hôtelier compter à son hôte pour le chapon, pour celui qui l'a lardé, pour celui qui l'a châtré, pour le bois, pour le feu, pour la broche, etc. »

Racine, écrivant à Boileau, ne craint point de prendre ses comparaisons dans le répertoire du même personnage : « M. de Charuel, dit-il, sait apparemment la vérité (sur la prise et l'abandon de Gigeri), mais il serre les lèvres tant qu'il peut de peur de la dire; et j'ai eu à peu près la même peine à lui tirer quelques mots de la bouche, que Trivelin en avait à en tirer de *Scaramouche, musicien bègue.* »

Soyez convaincus que lorsqu'un acteur a laissé des souvenirs si vivaces, qui se présentaient si naturellement à la mémoire de ceux qui l'avaient vu, et lorsqu'une littérature comme celle du XVIIe siècle conserve l'écho si sonore des rires qu'il avait excités, c'est qu'il y avait là une grande force comique. Les témoignages sur le talent de l'acteur italien ne manquent pas du reste. « C'était le plus parfait pantomime que nous ayons vu de nos jours, » dit Ménage. « Qui ramènera, dit Palaprat, les merveilles de l'inimitable Domenico (l'Arlequin Dominique), les charmes de la nature jouant elle-même à visage découvert sous le visage de Scaramouche? »

Il y a encore le témoignage d'un confrère, du successeur de Dominique, Evariste Gherardi, l'éditeur du répertoire de l'ancienne troupe italienne ; pourtant celui-ci ne devait pas avoir beaucoup de sympathie pour son ancien collègue, contre qui il avait soutenu un procès assez désagréable dont il sera question plus loin. Il est difficile de parler de Fiorilli-Scaramouche sans citer le passage du recueil de Gherardi, quoiqu'on l'ait cité souvent. C'est à la scène VII du deuxième acte de l'*Avocat pour et contre* que Gherardi se livre tout à coup à un transport d'enthousiasme rétrospectif qui n'est nullement dans ses habitudes et dont il n'y a pas un autre exemple dans tout le recueil. « On y voit, dit-il, Scaramouche qui, après avoir raccommodé (mis en ordre) tout ce qu'il y a dans la chambre, prend sa guitare, s'assied sur un fauteuil et en joue en attendant que son maître arrive. Pasquariel vient tout doucement derrière lui, et par-dessus ses épaules bat la mesure, ce qui épouvante terriblement Scaramouche. En un mot, c'est ici où cet incomparable Scaramouche, qui a été l'ornement du théâtre et le modèle des plus illustres comédiens de son temps qui avaient appris de lui cet art, si difficile et si nécessaire aux personnes de leur caractère, de remuer les passions et de les savoir bien peindre sur le visage, c'est ici, dis-je, où il faisait pâmer de rire pendant un gros quart d'heure dans une scène d'épouvante où il ne proférait pas un seul mot. Il faut convenir aussi que cet excellent acteur possédait à un si haut degré de perfection ce merveilleux talent, qu'il touchait plus de cœurs par les seules simplicités d'une pure nature que n'en touchent d'ordinaire les orateurs les plus habiles par les charmes de la rhétorique la plus persuasive. Ce qui fit dire un jour à un grand prince qui le voyait jouer à Rome : « *Scaramuccia non parla e dice gran cose :* Scaramouche ne parle point et il dit les plus belles choses du monde. » Et pour lui marquer l'estime qu'il faisait de lui, la comédie étant finie, il le manda et lui fit présent du carrosse à six chevaux dans lequel il l'avait envoyé quérir. Il a toujours été les délices de tous les princes qui l'ont connu, et notre invincible monarque (Louis XIV) ne s'est jamais lassé de lui faire quelque grâce. J'ose même me persuader que, s'il n'était pas mort, la troupe italienne serait encore sur pied (1). »

(1) Gherardi écrivait ceci après la fermeture, par ordre, du théâtre italien en 1697.

Mais Fiorilli n'est pas seulement intéressant pour nous par son propre mérite, il nous intéresse encore par l'influence incontestable qu'il exerça sur Molière. Vous voyez que l'auteur des vers qui sont inscrits au-dessous du portrait qui est en tête du présent volume le qualifie de « maître de Molière ». C'est une expression excessive, si l'on ne la spécialise pas, car si Fiorilli put contribuer à former chez Molière le talent de l'acteur, le génie du poëte comique ne lui dut rien ou fort peu de chose, Fiorilli ayant été surtout, comme on a pu le voir par ce que nous avons déjà rapporté à son sujet, un mime excellent. C'est comme tel que Molière l'étudia avec une attention suivie. « Molière, original français, dit Ménage, n'a jamais perdu une représentation de cet original italien. »

Si nous en croyons Le Boulanger de Chalussay, le comique français aurait pris positivement des leçons de l'acteur italien. Voici comment ce détracteur de Molière s'exprime dans sa pièce d'*Elomire hypocondre* :

> .... Par exemple, Elomire (Molière)
> Veut se rendre parfait dans l'art de faire rire ;
> Que fait-il, le matois, dans ce hardi dessein ?
> Chez le grand Scaramouche il va soir et matin.
> Là, le miroir en main et ce grand homme en face,
> Il n'est contorsion, posture ni grimace
> Que ce grand écolier du plus grand des bouffons
> Ne fasse et ne refasse en cent et cent façons :
> Tantôt, pour exprimer les soucis d'un ménage,
> De mille et mille plis il fronce son visage,
> Puis, joignant la pâleur à ces rides qu'il fait,
> D'un mari malheureux il est le vrai portrait.
> Après, poussant plus loin cette triste figure,
> D'un cocu, d'un jaloux il en fait la peinture ;
> Tantôt à pas comptés vous le voyez chercher
> Ce qu'on voit par ses yeux, qu'il craint de rencontrer ;
> Puis, s'arrêtant tout court, écumant de colère,
> Vous diriez qu'il surprend une femme adultère,
> Et l'on croit, tant ses yeux peignent bien cet affront,
> Qu'il a la rage au cœur et les cornes au front.

On ne sait quelle part faire ici à la vérité et à l'invention ; mais ce qui n'est pas douteux, c'est que Scaramouche dut attirer vivement l'attention de Molière à ses débuts dans la carrière dramatique. C'est en 1643 que Molière, âgé de vingt-un ans, s'engageait décidément dans le parti de la comédie. C'était l'époque des premiers voyages de l'acteur italien à Paris, où il obtenait un succès prodigieux. La troupe étrangère jouait dans la salle du Petit-Bourbon des pièces à grand spectacle dont la danse, la musique, les décors et les machines du célèbre Torelli da Fano n'étaient pas le moindre attrait. Au milieu de ces splendeurs, Scaramouche faisait son personnage bouffon; par exemple, il s'asseyait, affamé, à une table magnifiquement servie, dont tous les mets se dérobaient sous sa main lorsqu'il voulait les prendre, et il souffrait, avec toute sorte de grimaces et de postures plaisantes, le supplice d'un Tantale grotesque (1). Le comique le plus franc s'associait, dans ces représentations, à la fantaisie et au merveilleux. Cette combinaison théâtrale frappa très-vivement l'imagination du jeune Poquelin; c'est celle qu'il réalisa lui-même plus tard, en la perfectionnant beaucoup, dans les fêtes royales; c'est le cadre de *Georges Dandin*, du *Mariage forcé* et même du *Bourgeois gentilhomme*.

Mais pendant que les Italiens faisaient fortune avec leur *Finta pazza* (14 déc. 1645), J.-B. Poquelin-Molière, ayant répondu des dettes de la Société de l'*Illustre Théâtre*, qui essayait vainement de lutter contre ces concurrents redoutables, était emprisonné au Grand Châtelet; et, mis en liberté, il était obligé de quitter Paris pour courir les provinces.

Lorsqu'il y revint en 1658, il y retrouva Scaramouche et les Italiens, et il dut partager avec eux la salle du Petit-

(1) Intermède de *la Rosaure impératrice de Constantinople* (20 mars 1658), dont Loret parle dans la *Muse historique* :

C'est la table de Scaramouche,
Contenant fruits, viande et pain,
Et pourtant il y meurt de faim
Par des disgrâces qui surviennent
Et qui de manger le retiennent.

Bourbon. Il jouait sur ce théâtre les lundis, mercredis, jeudis et samedis, tandis qu'ils y jouaient les mardis, vendredis et dimanches. C'était par conséquent entre les deux troupes un contact assidu, un rapprochement continuel. Molière, quoiqu'il eût alors trente-six ans et qu'il fût dans la maturité de son talent, tira certainement parti de ce voisinage forcé pour s'approprier ce qu'il y avait de plus naturel et de plus original dans le jeu des fameux acteurs que comptait la troupe italienne. C'est ce que ses ennemis ne manquèrent pas de lui reprocher. « Si vous voulez tout de bon jouer Elomire, dit Villiers dans la *Zélinde,* il faudrait dépeindre un homme qui eût dans son habillement quelque chose d'Arlequin, de Scaramouche, du Docteur et de Trivelin ; que Scaramouche lui vînt redemander ses démarches, sa barbe et ses grimaces ; et que les autres lui vinssent en même temps demander ce qu'il prend d'eux dans son jeu et dans ses habits. »

Molière et les Italiens se connurent alors et se fréquentèrent. On le devinerait sans peine, lors même que Palaprat ne l'affirmerait point. « Ce grand comédien, et mille fois encore plus grand auteur, dit-il de Molière, vivait d'une étroite familiarité avec les Italiens, parce qu'ils étaient bons acteurs et fort honnêtes gens. Il y en avait toujours deux ou trois des meilleurs à nos soupers ; Molière en était souvent aussi, mais non pas aussi souvent que nous le souhaitions. »

Il existait donc des liens très-réels entre le poëte comique et le héros du petit ouvrage que nous réimprimons ; celui-ci, plus âgé, fut certainement pour l'autre un sujet d'émulation et d'étude. C'en est assez pour que nous soyons curieux de tout ce qui concerne le comédien étranger. Le livre de Mezetin répond mal à cette curiosité. Nous allons, avant d'examiner l'opuscule que nous remettons au jour, la satisfaire par les notions positives que les recherches récentes des érudits peuvent nous fournir.

Deux publications nous seront particulièrement utiles dans ce précis : c'est d'abord le *Dictionnaire critique de biographie et d'histoire* de A. Jal (2ᵉ édition, 1872), où nous trouvons un certain nombre d'actes authentiques qui servent de jalons à l'érudit et lui permettent parfois de rectifier même les témoignages contemporains; puis, ce sont les documents mis au jour par MM. E. Campardon et A. Longnon dans le tome II des *Mémoires de la Société de l'histoire de Paris et de l'Ile-de-France* (p. 106-129), sous ce titre : « la Vieillesse de Scaramouche. » Cette publication contient douze pièces très-curieuses, dont la première est datée du 5 août 1690 et la dernière du 19 mars 1694; elles jettent une vive lumière sur les dernières années du vieil acteur italien. On verra qu'en y ajoutant les renseignements que nous donnent Loret et Robinet dans leurs lettres en vers et quelques autres indications recueillies dans les écrivains du temps, on supplée aisément au silence de Mezetin, et l'on parvient à fixer tous les points importants de la vie de Fiorilli, au moins de la très-grande partie de cette vie qui s'écoula en France.

II

La date de la naissance de Tiberio Fiorilli, fixée par Mezetin en 1608, n'est pas douteuse. Elle résulte des propres dépositions de Scaramouche devant la justice, en 1691 et en 1694, où il avoue quatre-vingt-deux et quatre-vingt-six ans. Le P. Lelong, dans la *Bibliothèque historique de la France*, a précisé cette date et l'a fixée au 9 novembre, d'après un portrait de cet acteur, dessiné par Henri de Gissey, dessinateur ordinaire des ballets du roi. Il naquit à Naples, voilà qui n'est pas douteux non plus.

Deux vers d'une octave en dialecte napolitain, écrite en bas du portrait de Fiorilli, disent : « Je suis fils de Citrouille (ou tête de fou) et de madame l'Oie aux trente œufs; je suis né à Picorto, j'ai grandi à Pejulo (par allusion à son costume tout noir). » Il ne faudrait pas prendre ces plaisanteries et ces jeux de mots au sérieux; Scaramouche avait l'habitude de s'attribuer une généalogie fantasque. Dans la scène VII de l'*Avocat pour et contre* (recueil de Gherardi), Cinthio lui demande son nom. Scaramouche répond : « Il mio nome, signor, è Scaramuzza Memeo Squaquara, Tammera Catammera, e figlio di Cocumaro, e de madonna Papara trent' ova, etc. » Cette généalogie, elle est également attribuée à Scaramouche dans les *Thèses de Scaramouche*, un des divertissements du ballet de *l'Amour malade*, représenté à la cour le 16 janvier 1657 (1); dans ce divertissement, c'était Jean-Baptiste Lulli qui faisait le personnage de Scaramouche, et on le désigne ainsi : « Al gran Scaramuzza Memeo Squaquera, de civitate Partenopensi, figlio de Tammero e Catammero Cocumero Cetrulo, e de madama Papera Trent' ova, etc. » C'était là, si l'on veut, l'origine et la parenté burlesque du type comique de Scaramouche, mais non de l'acteur qui en portait l'habit.

Mezetin dit que le père de Fiorilli était « capitaine de chevaux » ou de cavalerie, et il n'y a point de raison de révoquer en doute l'assertion. De tout ce qui précède sa venue en France, nous ne connaissons rien, ou bien peu de chose. Il épousa Laurence-Elisabeth (ou Isabelle) del Campo, on ne sait à quelle époque, mais on sait qu'il l'épousa à Palerme, ainsi qu'il le témoigne lui-même, confirmant de la sorte ce détail de la *Vie* écrite par Mezetin. Laurence-Elisabeth ou Isabelle del Campo, devenue la femme de Fiorilli, monta sur le théâtre et joua le personnage de Marinette. Fiorilli, ayant adopté le personnage de Scaramouche, qui existait antérieurement dans la *Commedia dell'arte*, obtint un prodigieux succès partout où il donna des représentations, et notamment à Rome, où un grand prince, comme nous l'apprend Gherardi, lui fit présent un jour d'un carrosse à six chevaux, en témoignage de son admiration.

On peut admettre aussi ce que nous dit Mezetin : que le cardinal Fabio Chigi (le même qui, en 1655, devint pape sous le nom d'Alexandre VII) consentit à tenir un des enfants de Fiorilli (l'aîné probablement, nommé Silvio) sur les fonts de baptême. Mezetin n'aurait pas inventé ce détail. Il n'y a aucune raison non plus de douter que Fiorilli n'ait effective-

(1) Bibliothèque de l'Arsenal, recueil de ballets, B.L.F. nº 9773.

ment acheté une belle terre à Florence, « hors la porte du *Poggio imperiale.* » On sait que, plus tard, Marinette se retira dans cette ville, où son mari la vint retrouver, et qu'elle y finit ses jours.

Scaramouche, suivant la déclaration qu'il en fit en 1694, avait eu cinq enfants de Laurence-Isabelle del Campo, dont un seul, Silvio, lui survécut.

Devenu premier ministre par la mort de Richelieu (1642), le cardinal Mazarin, très-grand amateur de la comédie italienne, fit venir en France les comédiens de son pays natal qui avaient le plus de réputation, et entre autres Tiberio Fiorilli. A quelle date précise le fameux Scaramouche parut-il pour la première fois à Paris ? Une tradition, qui s'appuie principalement sur l'anecdote qui lui fait changer en éclats de rire les cris et la colère de Louis XIV âgé de deux ans, place son premier voyage avant même la mort de Richelieu, en 1639 et 40. Ce qui est certain, c'est qu'il était en France, ainsi que Marinette, en 1644, et qu'il y jouissait déjà d'une grande réputation. Cela résulte de l'acte de baptême de leur fils Louis. Voici cet acte, relevé par M. Jal sur les registres de la paroisse de Saint-Germain-l'Auxerrois : « Du jeudy unziesme d'aoust 1644, fut baptisé Louis, fils de Tiberio Fiorilly, comédien de la Royne, et d'Isabelle del Campo, sa femme ; le parrain, maistre Claude Auvry, prestre, abbé, tenant pour monseigneur l'éminentissime cardinal Mazarin ; la marraine, dame Marie Indret, femme d'honneur de la Royne, tenante pour Anne d'Autriche, Royne mère, régente de France. » Le fils de Scaramouche ne pouvait être placé sous un patronage plus illustre ; le bouffon ayant pour compère le cardinal Mazarin après le cardinal Chigi, c'est la preuve, comme dit Jal, que la comédie italienne était bien avec la puissance ecclésiastique. Cet honneur n'assura pas toutefois les jours de l'enfant, qui mourut à deux ans et demi de là et fut enterré le 14 décembre 1646.

Scaramouche fit partie de la troupe qui, sous la direction de Giuseppe Bianchi (jouant le personnage du Capitan), donna en 1645 des représentations dans la salle du Petit-Bourbon.

Cette troupe comptait, avec Fiorilli : le célèbre *Trivelin* Domenico Locatelli ou Lucatelli, qui donnait habituellement la réplique à Scaramouche; Brigida Bianchi, fille de Giuseppe, première amoureuse sous le nom d'*Aurelia; Oratio* (Romagnesi); etc. Les chanteuses se nommaient : Gabrielle Locatelli, Giulia Gabrielli et Margarita Bertolazzi. Le machiniste de la troupe était Giacomo Torelli da Fano. Cette troupe joua, le 14 novembre 1645, *la Finta Pazza*. Nous avons déjà raconté toute cette histoire dans notre étude sur *Molière et la comédie italienne* (1), et nous demandons la permission d'y renvoyer le lecteur.

Cette troupe partit à la fin de 1647 ou au commencement de 1648, chassée par les troubles de la Fronde. Quand les troubles furent apaisés, la plupart de ces mêmes acteurs, renforcés de quelques autres, raccoururent en France, et Tiberio Fiorilli entre tous. Ils reprirent leurs représentations au Petit-Bourbon le 10 août 1653. Loret, dans la *Muse historique* (16 août), célèbre leurs débuts. Le roi, la reine mère et la cour y assistaient. Loret signale encore la présence de Leurs Majestés à la comédie italienne, dans la lettre du 14 février 1654, où le plus grand succès aurait été, d'après ce nouvelliste, pour un certain Jean Doucet, valet de Scaramouche. Une preuve de la vogue des Italiens et de Scaramouche en particulier, pendant ces années 1653-1659, c'est celle que j'ai indiquée dans l'étude que je rappelais tout à l'heure : ce ballet de l'*Amor malato* (16 janvier 1657), où J.-B. Lulli faisait le même personnage que son compatriote Fiorilli et où l'auteur du livret le complimentait de ce que Scaramouche n'était pas si ridicule (dans le sens de risible) ni si Scaramouche que lui.

Nous avons dit que Molière, de retour à Paris au mois d'octobre 1658, alterna avec les Italiens sur le théâtre du Petit-Bourbon, moyennant quinze cents livres qu'il leur donna pour les indemniser des dépenses qu'ils y avaient faites. Ces représentations alternées, où les Italiens avaient l'avantage,

(1) *Molière et la Comédie italienne*, librairie Didier et Cie, 1867 p. 161-190.

puisqu'ils étaient en possession de ce qu'on appelait les *jours ordinaires*, durèrent neuf mois. Au mois de mai 1659, Horace, Trivelin, Scaramouche « à la riche taille », dit Loret (*Muse historique* du 31 mai), et le docteur Gratian figurèrent avec Gros René (Duparc) et Jodelet dans un divertissement que le cardinal offrit à la cour au château de Vincennes.

Au mois de juillet 1659, les Italiens s'en retournèrent en leur pays. Le bruit courut que Scaramouche s'était noyé en traversant le Rhône. C'est à cette occasion que Loret composa la complainte funèbre et l'épitaphe que Mezetin reproduisit en tête de son ouvrage, ainsi que les actions de grâces dans lesquelles se répandit le fécond rimeur lorsque la nouvelle fut démentie.

Les Italiens revinrent en 1661. Ils passèrent d'abord cinq mois à Fontainebleau, ainsi que Lagrange l'a constaté sur son registre, puis, au mois de janvier 1662, ils recommencèrent à jouer avec la troupe de Molière. Pendant leur absence, la salle du Petit-Bourbon avait été démolie. Molière et sa troupe s'étaient installés dans la salle du Palais-Royal. C'est là aussi que les Italiens jouèrent les *jours extraordinaires*, c'est-à-dire lundi, mercredi, jeudi et samedi. « Et comme le sieur de Molière et sa troupe, dit Lagrange, avaient donné en octobre 1658 la somme de 1500 livres pour entrer au Bourbon, le roi ordonna aux comédiens italiens de rembourser aux Français pour moitié de l'établissement de la salle du Palais-Royal la somme de 2000 livres. »

La troupe italienne comprenait la plupart des artistes qui avaient quitté Paris au mois de juillet 1659. Ils étaient au nombre de dix, nombre indispensable, comme le dit Mezetin au chapitre XXVI, pour jouer la comédie italienne :

Trois femmes, dont deux pour le sérieux, *Aurelia* et *Eularia*, et l'autre pour le comique, *Diamantine*;

Un Scaramouche napolitain : c'était notre Fiorilli ;

Un Pantalon vénitien : c'était Turi, dont Loret a raconté les exploits dans sa lettre du 14 février 1654;

Un docteur bolonais : c'était Costantino Lolli, autrement dit *Il dottor Baloardo ;*

Un Trivelin : c'était toujours Lucatelli ;

Et un Arlequin : ce fut Domenico Biancolelli, qui rendit si célèbre le nom de Dominique et qui n'avait alors que vingt-deux ans.

Ajoutez-y deux amoureux : *Valerio* (Bendinelli) et *Ottavio* (Zanotti), et vous avez la dizaine complète. Louis XIV leur accorda quinze mille livres de pension annuelle qu'ils touchaient par quartier.

Outre cette pension régulière, ils recevaient des gratifications chaque fois qu'ils allaient jouer à la cour. Elle n'empêchait pas non plus que certains acteurs, particulièrement bien vus de Sa Majesté, ne touchassent quelque supplément sur le Trésor royal ; et Tiberio Fiorilli est un de ceux qui figurent le plus souvent, à titre particulier, dans les comptes qui nous restent.

M. Jal a relevé, dans les *Etats du Trésor* pour 1662, un don de 300 livres à « Tiberio Scaramouche », un autre don de 430 livres au même « en considération de ses services ». En outre, il reçoit 600 livres « que Sa Majesté lui ordonna par forme de voyage pour lui donner moyen de s'en retourner en Italie ».

Nous avons relevé aux Archives, dans les comptes de la cour pour l'année 1664, la mention suivante : « A Tiberio Fiorilli dit Scaramouche, comédien italien, pour ses gages tant de lui que de sa femme pendant une année, finie le dernier juin 1664 : 200 livres ; » mention importante en ce qu'elle constate la présence de Marinette, dont les historiens ne s'occupent plus guère et qui, si elle avait place encore dans la troupe, n'y était plus, selon toute apparence, qu'une *inutilité*.

Louis XIV, en cette année 1664, fit donner encore à Fiorilli « 400 livres pour le voyage qu'il devoit faire par ordre de Sa Majesté de la ville de Paris à Florence ». Il est vraisemblable que ces fréquents voyages de Scaramouche en Italie avaient pour but de chercher à la comédie italienne de nouvelles recrues. Il nous paraît probable qu'il ramena dans ce voyage Marinette en Italie et qu'il l'y laissa ; on ne découvre plus, à partir de ce moment, aucun indice de la présence de celle-ci à Paris.

En 1666, le roi fit compter « au sieur Tiberio Fiorilly, dict Scaramouche, comédien italien, la somme de 1,000 livres que Sa Majesté lui avoit accordée par gratification en considération de ses services. » Cette année-là, Tiberio maria son fils Silvio ; ce fut le 5 septembre, à la paroisse Saint-Eustache, que « Silvio-Bernardo de Fiorilly (*sic*), gentilhomme napolitain, fils de Tiberio de Fiorilly (*sic*) et de damoiselle Isabelle del Campo, » reçut la main de « damoiselle Marie de Roussel de Lamy, fille de Gilles de Roussel de Lamy et de Cloyes. » L'acte est signé : « Silvio-Bernardo Fiorilly, Marie de Roussel Lamy, de Roussel Lamy, Tiberio Fiorilly, *Carolus Ludovicus Florillus* (frère du marié). »

En 1668, nouveau voyage de Scaramouche en Italie. Le roi lui accorde « 600 livres pour luy donner moyen de s'en retourner dans son pays ». Cette fois, Fiorilli paraissait quitter définitivement le théâtre italien de Paris. On lui donne un successeur, Gieronimo Cey, et dans la pièce où il débute, *le Théâtre sans comédie* (*il Teatro senza commedie*), jouée au mois de juillet, le nouveau Scaramouche prononce en français un panégyrique de l'ancien, qu'il pouvait bien remplacer, mais non faire oublier, panégyrique que Gueulette suppose avoir été composé par M. de Fatouville, conseiller à la Cour des aides de Rouen. Cette absence eut du moins une heureuse conséquence pour notre théâtre français. Jean Racine, dans sa préface des *Plaideurs*, nous apprend qu'il n'avait pensé d'abord qu'à composer une parade pour les Italiens. « Le juge qui saute par les fenêtres, dit-il, le chien criminel et les larmes de sa famille me semblaient autant d'incidents dignes de la gravité de Scaramouche. Le départ de cet acteur interrompit mon dessein et fit naître l'envie à quelques-uns de mes amis de voir sur notre théâtre un échantillon d'Aristophane. » Ainsi, c'est à l'éloignement de Fiorilli que nous devons d'avoir dans notre littérature une de nos plus charmantes comédies.

Fiorilli, qui avait alors soixante ans, s'en alla retrouver à

Florence sa femme Marinette, dont il lui était pénible d'être séparé. Il n'y eut pas, à ce qu'il semble, tout l'agrément qu'il espérait. Marinette était acariâtre ; il était de plus en plus tourmenté du démon de l'avarice ; ils ne s'entendirent point. Fiorilli ne resta guère plus de deux ans en Italie. Il demanda au roi la permission de revenir en France et l'obtint sans peine. Il fut accueilli à Paris comme l'enfant prodigue qu'il n'était pas. Robinet, le successeur de Loret, signale son retour dans la lettre du 6 septembre 1670 :

Depuis peu l'ancien Scaramouche,
Qui parêt une fine mouche,
Est dans sa troupe de retour
Et divertit, des mieux, la cour
Et le bon bourgeois de Lutèce,
Qui, pour incaguer la tristesse,
N'a de recours qu'à l'entretien
De ce facétieux chrétien.
Celui qu'on voyoit en sa place,
En changeant d'habit et de face,
S'est en capitan érigé,
Et, dans ce rôle ainsi changé,
Fait autant bien qu'il puisse faire,
Et j'en suis témoin oculaire.

Ce fut un empressement de le voir, qui fit déserter pendant quelques mois les autres théâtres. Celui de Molière en souffrit tout particulièrement, si nous en croyons Grimarest, tellement que ses comédiens murmuraient de l'abandon où le public les laissait. Molière était lui-même embarrassé de savoir comment il le ramènerait. Il se contentait de dire que Scaramouche ne serait pas toujours couru, qu'on se lassait des bonnes choses comme des mauvaises, et qu'ils auraient leur tour. « Ce qui arriva, ajoute Grimarest, par la première pièce que donna Molière. »

Cette pièce de Molière qui disputa la faveur des Parisiens à Scaramouche est *le Bourgeois gentilhomme*, représenté à la ville le 23 novembre 1670. L'inspection du registre de Lagrange justifie assez bien le dire de Grimarest. *Le Bourgeois gentilhomme*, accompagné de *Tite et Bérénice* de

P. Corneille, vint relever fortement les recettes, qui étaient assez basses dans les mois précédents.

Il paraît que Tiberio Fiorilli, mécontent de Marinette, forma à son retour à Paris une liaison pseudo-conjugale. Il eut un fils d'une « damoiselle Anne Doffan », qui fut baptisé le 8 novembre 1673. Fiorilli n'a pas signé l'acte; il y est déclaré que le père est à la campagne, mais Anne Doffan y est désignée comme sa femme. Voici l'extrait de cet acte, relevé par M. Jal sur les registres de Saint-Germain-l'Auxerrois: « Du mercredi 8 novembre 1673, fut baptisé Tibère-François, fils de Tibère Fiorily, Napolitain, officier du roi, et de damoiselle Anne Doffan, sa femme, rue de l'Arbre-Sec. »

Cette Anne Doffan, à qui, probablement sur une fausse déclaration, le vicaire de Saint-Germain-l'Auxerrois attribuait une qualité à laquelle elle n'avait pas droit, car Marinette vivait encore et Fiorilli ne se serait pas exposé à une accusation de bigamie, cette damoiselle n'a point laissé d'autre trace dans la vie du célèbre acteur. Si elle eut à se plaindre de Fiorilli, elle allait être bientôt vengée. Fiorilli eut trop de penchant pour le beau sexe, ainsi que Mezetin le constate au chapitre XXVIII; or, comme l'a dit Honoré de Balzac, la punition de ceux qui ont trop aimé les femmes, c'est de les aimer toujours. Scaramouche l'éprouva bien.

Vers 1680, lorsqu'il avait plus de 72 ans, il s'éprit d'une *grisette* — c'est l'expression dont se sert Mezetin — âgée de vingt à vingt-deux ans, ayant par conséquent cinquante ans de moins que son amoureux. Il en fit sa maîtresse, la retirant ainsi, suivant son propre témoignage, « de la nécessité et vie débauchée et dissolue », et lui promettant de l'épouser s'il devenait veuf.

Marie Duval, — c'était le nom de la grisette, — malgré les soixante-treize ans de son amant, commença par lui donner une fille: « Le 29 juillet 1681, fut baptisée Anne-Elisabeth, née de ce jour de Tiberio Fiorillo (*sic*), officier du roi, gentilhomme napolitain, et de damoiselle Marie Duval, sa femme, demeurant rue de la Friperie. » (Extrait des registres de la paroisse Saint-Eustache.) *Sa femme*, est-il dit cette fois encore dans l'acte, et pourtant il est bien certain que Fiorilli et Marie Duval n'étaient pas mariés; ils ne le furent que sept ans plus tard. C'était décidément une habitude chez Scaramouche de respecter médiocrement la vérité dans les déclarations de cette sorte.

Combien de temps Marie Duval fut-elle fidèle à son vieil amant, ou du moins sauva-t-elle les apparences ? C'est ce que l'histoire ne précise pas. Mezetin raconte qu'elle s'enfuit en Angleterre avec un jeune homme qui bientôt l'abandonna, qu'elle en revint portant sur sa personne « des marques irréprochables (c'est-à-dire irrécusables) de son infidélité », et que Scaramouche, toujours amoureux, la reprit. Le fait est assez probable; on n'en a point toutefois d'autre garant.

Non-seulement il la reprit, mais il l'épousa, espérant peut-être contraindre ainsi à la sagesse la malheureuse fille. Le roi, il faut le dire, fut aussi pour quelque chose dans cette détermination.

Louis XIV dit un jour, devant la grande-duchesse de Toscane, Marguerite-Louise d'Orléans, que Scaramouche, qui était présent, vivait en concubinage; ils l'exhortèrent à épouser Marie Duval, pour rétablir l'état de sa fille Anne-Elisabeth et pour vivre en bon chrétien. La grande-duchesse lui certifia que sa première femme était décédée à Florence, et Sa Majesté ne dédaigna pas d'en parler à l'archevêque de Paris, ce qui acheva de lever toutes difficultés.

Le mariage eut lieu le 8 mai 1688, à l'église de Saint-Sauveur. L'acte suivant en fut dressé : « Je soubsigné, vicaire, ai marié Tiberio Fiorilli, veuf de défuncte Laurence-Elisabeth del Campo, et Marie du Val, aagée de trente ans, fille de deffunt Richard du Val, vivant bourgeois de Paris, et de Jeanne Frouazel, tous deux de cette paroisse, cul-de-sac des Deux-Portes, ce jour, en face de l'église, en présence de M. Xphe Marin, prestre chanoine de Nostre Dame de Dammartin, Camille Bologuini, comte de Boulogne (Bologne), Romulus Vallenti, Jullien Vallenti, amis communs desdictes parties, lesquels nous ont répondu de la vie, mœurs, paroisse, aage, liberté desdites parties. »

Cette union n'assura point le repos du vieux comédien. Sa vie, à partir de ce moment, devient au contraire singulièrement agitée. Volé, battu, maltraité par son fils, par sa femme, par ses camarades, il aurait suffi à occuper lui seul le commissaire du Châtelet, député au quartier de Saint-Eustache et de Saint-Sauveur.

Son fils Silvio, qui habitait ordinairement Florence, vint à Paris au mois de mai 1690 et logea chez son père, qui le nourrit et l'entretint. Cependant de violentes querelles s'élevèrent entre le père et le fils, querelles auxquelles la politique n'était pas étrangère. Silvio injuriait le roi et les ministres, à cause de la guerre faite au duc de Savoie. Fiorilli défendait son protecteur, Louis XIV. La contestation en vint au point que Silvio tira son épée et menaça son père de la lui passer au travers du corps. Dans la nuit du 15 au 16 novembre, Silvio quitta la maison paternelle. Fiorilli, ayant visité son coffre-fort, trouva qu'il y manquait un sac de 7000 livres d'or et 3000 livres de pierreries et diamants. Scaramouche fait immédiatement sa dénonciation au commissaire et accuse son fils du vol. Déjà, à ce qu'il dit, il y a cinq ans environ, Silvio avait trouvé moyen d'ouvrir le coffre-fort paternel avec une fausse clef et de dérober une grosse somme.

Autre affaire, se rattachant celle-ci au théâtre. Evariste Gherardi, fils de Giovanni Gherardi (Flautin), voulut entrer dans la troupe italienne pour y tenir l'emploi d'Arlequin après la mort du célèbre Dominique (1688); il y débuta en effet le 1er octobre 1689, dans *le Divorce* de Regnard. Fiorilli avait usé de son crédit pour le faire accepter. Après avoir constaté le talent du jeune acteur en lui voyant jouer chez lui, en habit d'Arlequin, deux scènes italiennes, il le présenta au roi, qui, sur le rapport de Scaramouche, ordonna que l'on mettrait le nouvel Arlequin à l'épreuve, puis, lorsque Gherardi eut joué plusieurs fois tant à l'hôtel de Bourgogne qu'à la cour, l'agréa et le reçut aux mêmes conditions que les autres. Gherardi fit à Marie Duval, femme de Scaramouche, une obligation par-devant notaire, certifiant qu'elle lui avait prêté trois mille livres. Mais quand elle lui réclama le payement de la somme, Gherardi refusa de payer, alléguant que les trois mille livres ne lui avaient pas été prêtées, mais que les époux Fiorilli lui avaient fait signer l'obligation à titre de gratification pour la part que Scaramouche prenait à son engagement. Gherardi assigna Marie Duval et Scaramouche à comparaître devant le commissaire, qui fit subir à ceux-ci, le 30 janvier et le 3 février 1691, un long interrogatoire qui a été reproduit dans la brochure de MM. Campardon et Longnon, et d'où il résulterait que l'imputation de Gherardi était fausse. Nous n'extrayons de cet interrogatoire qu'une réponse de Scaramouche propre à servir de renseignement sur ce que gagnaient par an les comédiens italiens. Fiorilli dit que s'il avait voulu une obligation, il l'aurait fait faire de dix à douze mille francs, parce que, tous les ans, il (Gherardi) gagne 8000 francs.

Ce ne fut pas le seul des acteurs de la troupe italienne avec qui Scaramouche, devenu difficile à vivre, eut maille à partir. Au mois d'août de la même année 1691, une rixe eut lieu entre le vieux Fiorilli et un de ses plus jeunes collègues, Giovan Battista Costantini, dit Ottavio, qui avait débuté le 30 novembre 1688 et qui était frère d'Angelo Costantini, qui devait par la suite se faire le biographe de Scaramouche. D'après la déposition d'Octave, Tiberio Fiorilli aurait été l'agresseur. Il aurait pris rudement le jeune homme par le bras en lui disant : « Savez-vous bien que je suis maître de la comédie comme vous et que ma femme est aussi maîtresse comme vous (singulière prétention !) et que si vous me raisonnez, je vous donnerai des coups de bâton? » Fiorilli aurait levé sa canne, puis frappé Octave ; il aurait enfin tiré l'épée, et Octave, tirant la sienne et se défendant, le blessa aux doigts de la main gauche. C'est ainsi du moins que le jeune comédien explique l'accident dans la plainte qu'il déposa devant le commissaire. Nous n'avons pas le récit contradictoire de Scaramouche, mais on voit par un certificat de médecin que sa blessure ne fut pas sans gravité.

Tout cela n'était encore que mésaventures légères, en comparaison des mauvais traitements qu'infligea au vieillard sa jeune épouse. Il y a, dans la publication de MM. Campardon et Longnon, une série de plaintes du pauvre Scaramouche devant le commissaire du quartier Saint-Eustache et Saint-Sauveur. Ces plaintes tracent un pitoyable tableau de son ménage. La première de ces plaintes est du 2 mai 1692. Fiorilli accuse Marie Duval de lui avoir ravi en différentes fois la somme de 8000 livres et vendu sa vaisselle d'argent. Ce jour même, elle a emporté une tapisserie de Flandre de la valeur de 1000 livres et divers objets. De plus, elle le frappe à coups de pelle et de pincettes; elle l'injurie et le menace tellement, que n'étant plus en sûreté de sa personne il a recours à la justice.

La seconde plainte est du 11 août 1693. A tous les autres reproches, il impute dans celle-ci à Marie Duval des relations adultères entretenues, depuis trois ans, avec un nommé Lafaye, commis du sieur Paparel, trésorier de l'ordinaire des guerres. Elle continue en outre à lui dérober tout ce qu'elle peut d'argent; elle a des fausses clefs; elle ouvre ses coffres et y puise pour fournir à sa débauche. Le plaignant lui ayant fait des remontrances, elle l'a traité de vieux fourbe qu'il fallait empoisonner, disant : « Combien vivra encore ce vieux fou de Scaramouche? Est-ce que le diable ne l'emportera pas bientôt? Ne serai-je pas bientôt délivrée de ce vieux fou-là? Je te fais porter des cornes hautes comme les tours de Notre-Dame! »

Nouvelle plainte à quatre jours de là, le 15 août. Il paraît que Fiorilli avait obtenu que sa femme serait enfermée au couvent de Sainte-Geneviève de Chaillot. Depuis lors, les scènes ne faisaient que redoubler de violence. Aussi c'est tout meurtri et tout contus qu'il se présente au commissaire. Il a été battu jusqu'à en perdre connaissance, et, pendant qu'il était évanoui, Marie Duval a pris ses clefs et l'a volé. Le commissaire se transporte en une maison rue Saint-Denis, près Saint-Sauveur, où habitait Fiorilli; il y trouve en effet Marie Duval en train d'opérer un véritable déménagement. Celle-ci déclare que, devant aller le lendemain au couvent des chanoinesses de Chaillot, elle fait emporter les meubles qui lui appartiennent. Elle convient toutefois de s'en rapporter à la justice, car elle a de son côté porté plainte contre son époux, qui lui fait subir, dit-elle, des traitements indignes.

Le lendemain, le secrétaire d'État La Reynie donne ordre à Desgrez, lieutenant de la compagnie du guet, d'arrêter Marie-Robert Duval, femme de Tiberio Fiorilli, et de la conduire au Refuge, c'est-à-dire à la prison des filles de mauvaise vie. Elle y resta deux semaines. Le 28 août, le ministre Pontchartrain signe l'ordre suivant : « De par le roy, il est ordonné au sieur Desgrez de se transporter dans la maison de Refuge, pour en tirer Marie-Robert Duval, femme du nommé Tiberio, et la conduire au couvent des religieuses de Sainte-Geneviève, à Chaillot. »

Mais, à Chaillot, Fiorilli devait payer pension pour sa femme. Il paraît que le vieil avare s'y refusa. Il se contenta d'obtenir, après information faite et preuves complétement établies, un décret de prise de corps contre Marie Duval et Lafaye, coupables d'adultère. Le 29 septembre, l'abbesse de Chaillot, sur un ordre du roi, rendit la liberté à sa prisonnière.

Sortie de captivité, Marie Duval attaque son mari à son tour. Afin d'échapper aux conséquences du décret de prise de corps, elle offre, sur l'avis du procureur Richer, de se constituer prisonnière au Châtelet. Elle assiste à la rédaction de son écrou, le 2 octobre. Les témoins sont de nouveau appelés et confrontés. Fiorilli porte plainte contre sa femme et Lafaye, qui subornent les témoins, les menacent. Lafaye, à la fin du récolement, aurait poursuivi un de ces témoins sur les degrés du Châtelet et l'aurait frappé de coups de pied dans le derrière. Le procès dure un mois. Le 29 octobre, Marie Duval est condamnée à rentrer au couvent de Chaillot, où Scaramouche la nourrira. Le lendemain, elle est ramenée au couvent, où, « de chagrin et de désespoir, » dit Mezetin, elle mourut au bout de deux ou trois semaines.

Lafaye était demeuré libre, car Fiorilli, après la mort de sa femme, continue de le poursuivre pour vol, sans qu'on voie le résultat de ces poursuites, que la mort vint probablement interrompre.

Silvio Fiorilli revint à Paris au commencement du mois de mars suivant. On se rappelle la dénonciation dont il avait été l'objet de la part de son père au mois de novembre 1690. Le 20 mars 1694, Pontchartrain écrit à La Reynie : « Le roy veut que vous fassiez venir chez vous le fils de Scaramouche, que vous lui parliez sur son voyage, et que vous fassiez observer la conduite qu'il tiendra. »

La veille, 19 mars, Fiorilli avait subi devant le commissaire du quartier un interrogatoire tendant à bien fixer l'état d'Anne-Elisabeth, la fille qu'il avait eue de Marie Duval en 1681, état qu'il confirme et veut mettre à l'abri de toute contestation.

Il était alors dans sa quatre-vingt-sixième année, qu'il devait accomplir jusqu'au bout. Mezetin dit à deux reprises que Scaramouche, à sa mort, n'avait quitté la scène que depuis cinq ans, c'est-à-dire peu après son second mariage, mais qu'il n'avait pas cessé de toucher sa part dans les émoluments de la troupe. Il mourut le 7 décembre 1694. M. Jal donne l'extrait mortuaire : « Dudit jour, mercredi huitiesme décembre 1694, deffunct honorable homme Tiberio Fiorilly, officier du roy, ci-devant en sa troupe de comédiens italiens, demeurant rue Tictone, décédé du septiesme du présent mois, a esté inhumé dans notre église. Signé : Silvio Fiorilli, Marc-Antoine Romagnesy. » (Reg. de Saint-Eustache.)

Il lui restait, d'après sa propre déclaration (1), un seul fils de son premier mariage: c'était ce Silvio qui signe l'extrait mortuaire, et une fille, Anne-Elisabeth, de son second mariage. Mezetin dit qu'il laissa tout son bien à son fils, « qui est un prêtre savant et d'un grand mérite. » Il ne s'agit point ici de Silvio, qui, nous l'avons vu, était marié. M. Jal croit que Mezetin veut parler du *Carolus-Ludovicus Florillus*

(1) Interrog. du 19 mai 1694.

qui signa au contrat de mariage de son frère. Mais si ce Carlo Ludovico était un fils d'Isabelle del Campo, il résulte de la déposition précise de Scaramouche qu'il n'existait plus. Il faudrait supposer, si l'on veut croire à son existence, que c'était quelque enfant naturel. En tout cas, il est évident que Fiorilli ne déshérita point Anne-Elisabeth, qu'il venait de reconnaître si solennellement, en dépit de tous les sujets de plainte que lui avait donnés la mère, et qui, âgée seulement de quatorze ans, se maria le 19 septembre 1695 à Jean de Clermont, maître peintre. Mezetin, que nous avons trouvé assez exact sur d'autres points, semble ici mal informé.

III

Angelo Costantini de Vérone, autrement dit Mezetin, s'avisa sans doute qu'une biographie de son illustre confrère serait une spéculation avantageuse. Il se mit aussitôt à l'œuvre, ou du moins, s'il faut s'en rapporter à Gherardi, il confia la besogne à quelque écrivain obscur à qui il fournit le fond et qui donna la forme.

Qu'était cet Angelo Costantini? Fils de Costantino Costantini, tenant dans la troupe le personnage de *Gradelino,* il débuta à Paris en 1681 et fut admis comme sociétaire en 1683. Engagé d'abord pour doubler l'Arlequin Dominique, il adopta un des types de la nombreuse famille des *zanni* italiens, celui de Mezzetino ou Mezetin, qu'il joua sans masque. Il aurait été fort jeune en 1681, si l'on s'en rapporte au couplet qu'il chanta à son retour à Paris, le 5 février 1729:

Mezetin, par d'heureux talents,
Voudrait vous satisfaire.
Quoiqu'il soit depuis très-longtemps
Presque sexagénaire,
Il rajeunira de trente ans
S'il peut encor vous plaire.

S'il avait soixante ans en 1729, il n'aurait eu que douze ans en 1681 ; mais l'expression singulière : « depuis très-longtemps presque sexagénaire, » doit être entendue en ce sens qu'il était plus que sexagénaire et qu'il avait passé la soixantaine de plusieurs années. En tout cas, ayant débuté en 1681, il avait certainement passé trente ans à la mort de Scaramouche.

Il avait du talent. La Fontaine, dans les vers qu'il a mis au-dessous du beau portrait de cet artiste peint par de Troye et gravé par Corneille Vermeulen, est sans doute hyperbolique :

> Ici de Mezetin, rare et nouveau Protée,
> La figure est représentée :
> La nature l'ayant pourvu
> Des dons de la métamorphose,
> Qui ne le voit pas n'a rien vu,
> Qui le voit a vu toute chose.

Gacon « le poëte sans fard, » a raison de trouver qu'il y a de l'exagération dans l'éloge. A un homme de goût qui protestait contre ces vers et disait :

> Je ne vois pas qu'il soit si bon acteur ;
> Il ne fait rien qui nous surprenne ;

Gacon réplique :

> Ne voyez-vous pas bien qu'un discours si flatteur
> Est un conte de La Fontaine ?

Il est certain, toutefois, que Mezetin était bien vu du public. Lorsque, après la mort de Dominique, il reprit momentanément l'habit d'Arlequin et parut avec le masque, les spectateurs crièrent : « Pas de masque ! » témoignant ainsi que sa physionomie leur était agréable.

Il avait beaucoup d'impudence et d'effronterie. C'est lui qui aurait été cause, dit-on, de la fermeture du théâtre, en 1697, à cause des allusions qu'il aurait faites à Mme de Maintenon, dans une pièce intitulée *la Fausse prude*. Les anecdotes de sa vie révèlent toutes ce caractère. On sait les aventures qu'il eut en Allemagne, où il resta en prison vingt ans dans le château de Konigstein, pour avoir imité ridiculement le roi de Pologne Auguste Ier devant la maîtresse de ce prince. Il y a aussi l'historiette de la dédicace au duc de Saint-Agnan : Mezetin promettant au suisse, au premier laquais et au valet de chambre à chacun le tiers de ce qu'il obtiendrait, et demandant au duc cent coups de bâton pour sa dédicace. Ce dernier trait prouverait du moins qu'il ne manquait pas d'esprit.

Le désir de faire une bonne affaire, plus que la sympathie pour le défunt, poussa sans doute Mezetin à devenir le biographe de Scaramouche. On a vu plus haut qu'une querelle assez violente avait eu lieu en 1691 entre le vieux Fiorilli et le frère de Mezetin. L'ouvrage ne trahit, en effet, que fort peu d'enthousiasme pour son héros. Il est évident que l'auteur a craint surtout d'avoir l'air d'écrire sérieusement l'histoire d'un comédien bouffon, et qu'il a cherché à l'égayer par toute espèce d'anecdotes.

La *Vie de Scaramouche* fut sévèrement critiquée par Gherardi. Evariste Gherardi, né à Prato, en Toscane, de 1664 à 1666, était fils d'un acteur de la comédie qui jouait sous le nom de Flautino, « à cause de la flûte qu'il semblait avoir dans le gosier ». Robinet parle ainsi de ce Flautin, à l'occasion de son début à Paris, en 1675 :

On y voit leur Flautin nouveau
Qui, sans flûte ni chalumeau,
Bref, sans instrument quelconque,
Merveille que l'on ne vit oncque,
Fait sortir de son gosier
Un concert de flûtes entier.
A ce spectacle on court sans cesse,
Et pour le voir chacun s'empresse.

Flautin mourut en 1683. Son fils Evariste, après avoir été professeur de langues étrangères, débuta, par la protection de Fiorilli (voyez ci-devant), le 1er octobre 1689, dans le personnage d'Arlequin, et fut en possession de ce rôle jusqu'à la clôture du théâtre. Il y avait pris la place d'Angelo Costantini, qui dut retourner à son personnage de Mezetin.

C'était une raison pour qu'il n'existât pas un parfait accord entre eux. Toutefois Angelo Costantini fut parrain d'un enfant d'Évariste Gherardi et d'Elisabeth Launeret, sa femme, le 10 novembre 1696.

Mais si Mezetin fut, comme la tradition le prétend, le principal auteur de la fermeture du théâtre et de la ruine de la troupe en 1697, on comprend que ses compagnons fussent très-irrités contre lui, et Gherardi, qui n'était pas celui d'entre eux qui regrettait le moins la scène de l'hôtel de Bourgogne, ne devait pas lui pardonner l'imprudence qui avait attiré sur eux la foudre royale. Aussi lorsqu'il publia, en 1700, son recueil des pièces du théâtre italien, il ne ménagea pas l'auteur de la *Vie de Scaramouche*. Parlant d'un volume publié précédemment sous le titre de *Supplément du théâtre italien (ou recueil des scènes françaises qui ont été représentées sur le théâtre italien de l'hôtel de Bourgogne, lesquelles n'ont point encore été imprimées)*, Bruxelles, chez M..., 1697, il dit qu'il vaut moins que rien, ayant été composé par l'auteur de l'*Arlequiniana* ou par celui de la *Vie de Scaramouche*. « Il est vrai, poursuit-il, que ces deux auteurs sont si conformes dans la bassesse de leur style et dans la fausseté des actions qu'ils racontent, qu'on peut aisément s'y tromper et prendre l'un pour l'autre sans beaucoup de peine. Ce sont deux écrivains également mauvais, et deux historiens également faux, chacun attribuant à son héros des choses qu'Arlequin et Scaramouche n'ont jamais ni faites ni pensées. J'excuse cependant l'auteur de la *Vie de Scaramouche*, sur ce qu'il convient que son livre est détestable, mais qu'il a été obligé de le faire tel, pour se conformer à la capacité de celui qui voulait y mettre son nom. » Celui qui voulait y mettre son nom, c'est Mezetin; Gherardi d'un seul coup l'accuse de se parer de l'ouvrage d'autrui et décrie cet ouvrage.

Il y revient à propos de cette scène de l'*Avocat pour et contre* où il fait un si bel éloge de Scaramouche; il conclut par ces mots : « Que ceux donc qui ont parlé si indignement de lui et qui se sont servis de son nom pour donner du débit à une infinité de fades quolibets et de mauvaises plaisanteries, rougissent et viennent la torche au poing faire réparation aux mânes d'un si grand homme, s'ils veulent éviter le châtiment que leurs impostures méritent et devant Dieu et devant les hommes. Il n'est rien de plus impie que de déterrer un homme pour le couvrir de calomnie. »

La sévérité de Gherardi n'était pas tout à fait imméritée. On peut douter cependant que les auteurs de la *Vie de Scaramouche* aient eu vraiment une intention calomnieuse en la farcissant de traits qu'ils s'imaginaient vraisemblablement plus plaisants que déshonorants. La plupart de ces traits nous paraissent de méchants tours et de véritables friponneries. Mais on sait qu'il y a, dans chaque siècle, de certaines plaisanteries courantes, qui font assez bon marché de la morale et que personne ne juge avec rigueur. Les romans picaresques de l'Espagne avaient familiarisé les lecteurs avec ces habiletés et ces subtilités des gens d'esprit qui savent corriger les injustices de la fortune. Lazarille de Tormes, Guzman d'Alfarache, le grand Buscon étaient des héros à la mode. Fiorilli se rattachait à la même école par son type théâtral, car Scaramuzza, le capitan napolitain, est un personnage de mœurs picaresques s'il en fût jamais. Il est donc assez naturel que, pour égayer la biographie du bouffon qu'ils ne voulaient pas traiter sérieusement, Mezetin et son teinturier, comme on dirait maintenant, empruntassent des incidents à la tradition comique dont il avait été un des représentants les plus célèbres et dont quelques-uns même furent peut-être puisés dans son répertoire. Il n'échappera à personne que, par exemple, les présents que Scaramouche fait, dans sa maladie, à sa servante, à son laquais, à son chirurgien, à son médecin semblent directement tirés de quelque scène italienne.

Les contes facétieux de Mezetin ont été accueillis par plus d'un grave écrivain. Ainsi l'anecdote du marchand de tabac de la place Navone (ch. II), nous la trouvons dans le *Spectator* d'Addison, mais arrangée et embellie; voici comment elle y est rapportée: « On dit que Scaramouche, célèbre bouffon italien, réduit dans une grande nécessité à son arrivée à Paris, s'avisa d'un stratagème assez grotesque pour y remédier. Il roulait autour de la boutique d'un parfumeur de cette ville, qui était en vogue, et toutes les fois qu'il en voyait sortir quelqu'un qui venait d'y acheter du tabac en poudre, il ne manquait jamais de lui en demander une pincée. Lorsqu'il en avait ramassé une certaine quantité de toutes les sortes, qu'il mêlait ensemble, il le revendait à bon marché au même parfumeur, qui s'aperçut du tour et en prit occasion de mettre en vogue ce tabac sous le nom de « tabac de mille fleurs ». L'histoire ajoute que Scaramouche s'entretenait par là fort commodément, jusqu'à ce que l'envie de s'enrichir trop vite le porta un jour à prendre une excessive pincée de tabac dans la boîte d'un officier suisse, qui n'entendit pas raillerie là-dessus et lui donna des coups de canne, ce qui l'obligea de renoncer à cette manière ingénieuse de gagner sa vie (1). »

C'est ainsi que les anecdotes les plus invraisemblables font leur chemin dans le monde.

L'opuscule de Mezetin est devenu rare. La Bibliothèque nationale n'en possède que la seconde édition, « A Paris, chez Michel Brunet, à l'entrée de la grand' salle du Palais, au Mercure galant, 1698. » Le prix n'est plus indiqué sur le titre; mais ce titre a probablement été seul réimprimé, car, pour tout le reste, les deux éditions sont absolument pareilles.

(1) Discours XLIV.

Eugène Gervais d'après Bonnart. Imp. Ch. Delâtre

Cet Illustre Comedien
Attegnit de son art, l'agréable maniére,
Il fut le Maître de Moliére
Et la nature fut le sien.

LA VIE

DE

SCARAMOUCHE

Par le Sieur ANGELO CONSTANTINI, *Comedien Ordinaire du Roy dans ſa Troupe Italienne, ſous le nom de* MEZETIN.

A PARIS,

A l'Hôtel de BOURGOGNE.

ET

Chez CLAUDE BARBIN, au Palais, ſur le Perron de la Sainte Chapelle.

Le prix eſt de trente-ſix ſols.

M. DC. XCV.

Avec Privilege du Roy.

A

SON ALTESSE ROYALE

MADAME.

ADAME,

Ce n'eſt pas une bagatelle que d'avoir à compoſer une Epitre dedicatoire pour des perſonnes d'un auſſi haut rang & d'un auſſi grand merite que VOTRE ALTESSE ROYALE. *C'eſt un Ouvrage où l'Academie en Corps, quelque habile qu'elle ſoit, auroit peine de réüſſir, & c'eſt un écueil contre lequel mille gens échoüent tous les jours. Ainſi,* MADAME, *je vous ſupplie tres humblement de trouver bon que de toutes les formalitez d'une dedicace, je n'obſerve que celle qui oblige d'eſtre ſuccint, & que je me diſe avec autant de breveté que de reſpect,*

DE VOTRE ALTESSE ROYALE,

Le tres humble, tres obéïſſant,
& tres ſoumis ſerviteur
ANGELO CONSTANTINI, dit MEZETIN.

LA COMEDIE

PRESENTANT

MEZETIN

A SON ALTESSE ROYALE

MADAME.

PRincesse, *je ne doute pas*
Que l'agreable Comedie
N'ait pour vous beaucoup plus d'apas
Que la ſuperbe Tragedie.

Votre cœur auſſi grand que celuy des Heros,
Les voit avec plaiſir revivre ſur la Scene,
Et ne s'abaiſſe qu'avec peine
A me voir badiner, lorſque je ris des ſots.

Toutefois, je l'oſe bien dire,
Deût le Coturne en murmurer,
Que je vous fais plus ſouvent rire,
Que ma ſœur ne vous fait pleurer.

Helas! combien de fois mon pauvre Scaramouche,
Qui des Comediens a remporté le prix,
A-t-il fait voir ſur votre bouche
Toutes les graces & les ris!

Il ſeroit tout entier plongé dans l'ombre noire,
Ce grand appuy du Brodequin,
Si ſon confrere Mezetin
N'avoit pris ſoin de ſa memoire.

Ce genereux ami, ſous votre auguſte nom,
Voudroit bien que ſon Livre eût l'honneur de paroître.
MADAME, *c'eſt à vous de luy faire connoître*
Si la choſe vous plaît ou non.

Je l'amene à vos pieds tout tremblant, dans l'attente
D'apprendre votre ſentiment....
Mezetin, venez hardiment:
SON ALTESSE *en paroît contente.*

VERS

QUE MEZETIN eut l'honneur de reciter devant ſon Alteſſe Royale MADAME, en luy preſentant ſon Hiſtoire de Scaramouche.

PRINCESSE *en qui l'on voit reluire,*
Mille Royales qualitez,
De grace, un moment écoutez,
Et vous preparez à bien rire.

Vous ſçaurez donc que MEZETIN
Plus habile homme pour la Chaſſe
Que pour le Grec & le Latin,
A grimpé ſur le Mont Parnaſſe.

Ouy, MADAME, *j'y ſuis monté,*
Ce n'eſt point une Comedie ;
Ce livre que je vous dedie,
Confirme cette verité.

Surprenante metamorphoſe!
De Chaſſeur, de Comedien
Auſſi ſçavant en Vers qu'en Proſe,
Crac! je me vois Hiſtorien.

Dieu ſçait combien de ſatiriques
Vont percer mon Livre de traits!
Mais je me ris de leurs critiques,
S'il a pour vous quelques atraits.

En faveur de mon Scaramouche,
PRINCESSE, *donnés votre voix;*
Et vous clorés bien-tôt la bouche
Aux cenſeurs les plus diſcourtois.

Pour des choux, le Grand Alexandre
Donnoit autrefois des Etats,
Dont il faiſoit tres peu de cas,
Tant il en avoit à revendre.

Si vous m'accordez aujourd'huy,
Pour reconnoître mon offrande,
La grace que je vous demande,
Vous ferez encor plus que luy.

PRÉFACE

SCARAMOUCHE a eſté ſi bien dans l'eſprit de ceux qui aiment les ſpectacles, & ſa memoire eſt encore en ſi grande recommandation, qu'il eſt inutile de faire reſſouvenir le Lecteur de l'eſtime qu'on a toûjours fait de ce celebre Comedien. Je diray ſeulement qu'il meritoit avec juſtice, la reputation qu'il s'eſtoit acquiſe, puis qu'il a eſté un des plus parfaits Pantomimes qu'on ait vû dans ces derniers ſiecles.

Je luy donne ce nom, parce qu'effectivement à l'exemple des anciens Pantomimes, il jouoit plus d'action que de parole; ce qui doit eſtre le ſeul but du Comedien : car tout le monde ſçait que *Segniùs irritant animos demiſſa per aures, quàm quæ ſunt oculis ſubjecta fidelibus.* Scaramouche ne ſe contentoit donc pas de faire entendre les choſes qu'il repreſentoit, mais il les expoſoit aux yeux des Spectateurs, tant il avoit l'art de concerter ſon diſcours avec ſes geſtes.

L'on peut même dire que tout parloit en luy, ſes pieds, ſes mains, ſa tête, & que la moindre de ſes poſtures eſtoit fondée en raiſon.

Ainſi ſans examiner ſi c'eſt l'Hiſtoire qui doit plus aux Heros, parce qu'ils luy fourniſſent la matiere par leurs belles actions, ou ſi c'eſt les Heros qui doivent plus à l'Hiſtoire, parce qu'elle conſacre leurs faits à la poſtérité; j'oſe avancer que le public à qui j'ay tant d'obligation, me doit ſçavoir bon gré de ce que je fais revivre un homme qui a merité ſi long-temps ſon eſtime pendant ſa vie.

Qu'on ne s'attende pas à trouver dans ce petit Livre, une Nouvelle Hiſtorique, ou un Roman Comique; je n'ay ny aſſez de loiſir, ni aſſez de délicateſſe dans la langue pour entreprendre un Ouvrage de cette nature. Je laiſſe ce ſoin à ceux qui ont mis au jour les Ildegertes, les Maries de Bourgogne, & les Ducs de Guiſe Balafrés D'ailleurs je me ſerois fait un gros ſcrupule d'en impoſer au Lecteur; & mon Heros eſt trop moderne, ſi j'oſe ainſi parler, pour m'eſtre donné la même liberté que ces Meſſieurs ont priſe.

Je n'ay pas voulu non plus imiter cet Auteur qui ſous le ſpecieux titre d'*Arliquiniana*, a fait achepter au public des contes, dont feu Dominique ſe feroit... bien loin d'avoir jamais eu la penſée d'en ennuyer ceux qu'il avoit l'honneur de frequenter.

J'ay donc tâché d'écrire le plus ſimplement qu'il m'a eſté poſſible les actions de Scaramouche, que j'ay apriſes de luy-même. Voilà, mon cher Lecteur, tout ce que j'avois à vous dire dans cette Preface, dont je vous aurois volontiers épargné la lecture, ſi en la ſuprimant je n'euſſe encore diminué ce petit Volume.

SCARAMOUCHE eſtant allé en Italie, il courut un bruit qu'il s'eſtoit noyé dans le Rône, ce qui donna occaſion à Loret de faire les Vers ſuivans à ſa louange. Quoyque cette piece, qu'on peut appeller la Pompe funebre de Scaramouche, ſe ſente un peu du Burleſque qui inondoit pour lors le Parnaſſe, j'ay crû que le Lecteur ne ſeroit pas faché de la voir telle qu'elle eſt.

O! vous Bourgeois & Courtiſans
Qui faites cas des gens plaiſans,
O! tous amateurs du Theatre,
Dont moy meſme ſuis idolâtre,
Sanglotez, pleurez, soupirez,
Peſtez, criez, & murmurez.
Tranſportez d'une humeur chagrine
Plombez de coups votre poitrine;
Devenez mornes & réveux,
Arrachez vous barbe & cheveux,
Egratignez vous le viſage;
De tous plaiſirs perdez l'uſage,
Accuſez hautement le ſort:
Le fameux Scaramouche eſt mort.
Luy, que l'on eſtimoit l'unique
En ſa profeſſion comique
Qui contrefaiſant par ſon art
Si bien le triſte & le gaillard,

Si bien le ſou, ſi bien le ſage,
(Bref, tout different perſonnage,)
Qu'on peut dire avec verité,
Que ſa rare ingenuité
En la ſcience Theâtrale,
N'avoit point au monde d'égale.
Enfin cet homme archiplaiſant,
Que par tout on alloit priſant,
S'il eſt vray ce que l'on en prône,
A pery vers le bord du Rône,
Par un torrent d'eaux imprevû,
Qui le prenant au dépourvû
Dans une vallée ou fondriere,
Luy fit perdre vie & lumiere.
Or comme j'aimois iceluy,
Sa mort me cauſe de l'ennuy:
Il faut qu'au fort de ma detreſſe
Vne Epitaphe je luy dreſſe.

EPITAPHE.

Las! ce n'eſt pas Dame Iſabeau
Qui git deſſous ce froid tombeau,
Ny quelqu'autre ſainte Nitouche.
C'eſt un Comique ſans pareil.
Comme le ciel n'a qu'un Soleil,
La terre n'eut qu'un Scaramouche.

Alors qu'il vivoit parmi nous,
Il eut le don de plaire à tous,
Mais bien plus aux Grands qu'aux gens
minces,
Et l'on le nommoit en tous lieux
Le Prince des facetieux
Et le facetieux des Princes.

Au lieu de quantité de fleurs,
Sur ſa tombe verſons des pleurs :
Pour moy tout de bon j'en ſoûpire,
J'en ſais tout franchement l'aveu.
Nous pouvons bien pleurer un peu
Celuy qui nous faiſoit tant rire.

La nouvelle de la mort de Scaramouche s'eſtant trouvée fauſſe, le même Loret fit encore ces autres Vers, du même ſtile que les premiers.

P*Etits & grands, jeunes & vieux,*
Dont le temperament joyeux
Aime preſqu'autant qu'un Empire
Les perſonnages qui font rire ;
Ceſſez vos pleurs & vos ſoupirs,

Purgez vous de vos déplaiſirs :
Sans prendre Caſſe ny Rubarbe,
Ne vous arrachez plus la barbe.
Mettez tous vos chagrins à ſac,
Ne vous plombez plus l'eſtomac,
Au ſort ne faites plus la mouë,
N'égratignez plus votre jouë.
Apaiſez vos cris ſuperflus,
Ne peſtez, ne murmurez plus ;
N'ayez plus le viſage blême
Comme un Bâteleur en Carême.
N'accuſez plus Dame Atropos,
Bref, montrez par de gais propos
Que vous avez l'ame ravie.
Scaramouche eſt encore envie.
Et cet accident ſupoſé,
Par qui l'on m'avoit abuſé,
Me comblant de triſteſſe amere
N'eſtoit qu'une franche chimere.
Par des ſoins aſſez diligens,
J'ay fait revivre pluſieurs gens
Qu'on croyoit dans la ſepulture :
Mais notre Muſe, je vous jure,
Et je jure la verité,
N'en a jamais reſſuſcité
De la plume, ny de la bouche,
De ſi bon cœur que Scaramouche.

EPIGRAME

Sur le Portrait de Scaramouche.

Pour faire une bonne Copie
De cet Original qui nous vient d'Italie,
En vain l'on emploiroit ou de Troye ou Mignard:
A ces Peintres fameux je ne fais point d'injure
Lors que je desespere obtenir de leur art,
Ce qu'à peine je crois possible à la nature.

LA VIE

DE

SCARAMOUCHE

CHAPITRE PREMIER.

TIBERIO FIORILLI, ſurnommé Scaramouche, nâquit à Naples en l'an mil ſix cens huit; ſon Pere qui étoit Capitaine de Chevaux voulant ſe marier en ſecondes nôces avec une de ſes Couſines de la ville de Capouë, ne put jamais en obtenir la permiſſion de l'Evêque à cauſe de la proximité du Sang.

Il entra pour ce ſujet en grande conteſtation avec le frere de ce Prélat, qui voulant joindre la raillerie aux remontrances, irrita tellement l'eſprit du Pere de nôtre Scaramouche, que ſans autre forme de procés il luy paſſa ſon épée au travers du corps & le tua.

Le Pere de Scaramouche eſtant obligé de quitter le Royaume de Naples pour ſe ſouſtraire aux rigueurs de la Juſtice, ſe trouvant dans un Païs étranger ſans argent, & ſans autre charge que celle de deux Enfans, fut contraint, quoyque Gentilhomme, de faire le Charlatan, & de vendre du Mitridate.

Scaramouche, ſon ſecond Fils, luy étoit beaucoup plus à charge que Trapolin ſon aîné, car outre qu'étant à la mamelle il épuiſoit chaque jour le ſein de deux nourrices, il devint ſi gros mangeur par la ſuite qu'on avoit toutes les peines du monde à le raſſaſier. Il prenoit des Boëtes d'Orvietan à ſon Pere, & ce qui valoit trente ſols il le donnoit pour dix aux Cabaretiers & aux Boulangers pour avoir du pain & du vin. Son Pere s'en étant apperçû le chaſſa aprés l'avoir regalé de quelques coups de bâton. Il étoit alors âgé de dix-huit ans, mais quelque jeune qu'il fut il ne manquoit pas d'esprit, & le ſeul chagrin qu'il eut en quitant la maiſon de ſon Pere fut de ſe trouver ſans argent & d'avoir beaucoup d'apetit.

CHAPITRE II.

Comment Scaramouche ſe comporta dans Rome.

SCaramouche étant arrivé à Rome juſtement dans le mois de Decembre, où la Bize s'y fait ſentir plus vivement qu'en tout autre endroit de l'Italie, comme il n'avoit qu'un petit manteau de ſoye qui luy couvroit à peine le derriere, il commença à chercher les moyens de ſe garantir du froid & de la faim ſes deux plus mortels ennemis.

S'étant campé pour cet effet tout joignant la boutique d'un Marchand de Tabac dans la Place Navone, il en demandoit une prife à tous ceux qui venoient d'en acheter, & mettant les quatre doigts & le poûce dans leur tabatiere il en tiroit affez pour remplir une petite calebace qu'il tenoit cachée fous fon manteau.

Aprés avoir fait pendant le jour un rapé de Fleur d'Orange, de Nerouli, de Bergamote & de Jafmin, il le revendoit fur le foir à vil prix au même Marchand, qui s'apercevant du mêlange que Scaramouche faifoit, le nomma du Tabac de mille fleurs.

Un des Suiffes du Pape ayant acheté du Tabac dans la même boutique en fortit tenant fa tabatiere ouverte, Scaramouche y voulut prendre du Tabac à fa maniere ordinaire, mais le Suiffe fe fentant offenfé de fon procedé fe mit furieufement en colere contre luy, l'apelant par plufieurs fois (*Schelme*) & le menaçant de la main.

Scaramouche se tuoit de luy demander pardon, en faifant des grimaces les plus grotefques; ce que le Suiffe prenant pour un nouvel affront, il luy donna quelques coups du manche de fa hallebarde qui déchirerent fon manteau et luy meurtrîrent les épaules. Scaramouche peu ſatisfait de l'incivilité du Suiſſe, & craignant des ſuites plus fâcheuſes de ſon petit commerce, abandonna Rome, & s'en alla à *Civita vechia*.

CHAPITRE III.

Tromperie que fit Scaramouche à deux Eſclaves Turcs des Galeres du Pape.

LOrs qu'il fut arrivé dans cette ville il alla ſe promener ſur le Port, où voyant deux Eſclaves Turcs qui comptoient une ſomme d'argent qu'ils avoient gagnée par leur induſtrie, il coupa un morceau du devant de ſa chemiſe & le mit adroitement à la place du linge dont les Eſclaves ſe ſervoient pour enveloper leur argent, ſi bien que les Turcs ne ſe défiant de rien remîrent leur argent dans le morceau de linge qu'ils trouverent ſous leur main.

Comme ils voulurent ſe retirer, Scaramouche qui s'étoit allé coucher au Soleil, à quelque pas d'eux, feignant de ſe reveiller en ſurſaut, ſe mit à crier, *Oimé, oime, ſono aſſaſſinato, mi hanno robato : Giuſticia, giuſticia :* ô Voleur, ô Voleur. Il les arrêta par leurs manches, & comme il ne manque pas d'Archers & de Sbires en ce païs là on les mena ſur le champ tous trois devant le Juge.

Scaramouche accuſa les deux Eſclaves de luy avoir volé ſon argent qu'il avoit mis dans un coin de ſa chemiſe ; le Juge l'ayant interrogé ſur le nombre & ſur la qualité des eſpeces qu'on luy avoit volées, Scaramouche y ſatisfit ſi exactement, en montrant le devant de ſa chemiſe, que le Juge ne doutant pas de la verité du fait, condamna les Turcs à luy rendre l'argent, & les fit encore châtier comme des Voleurs.

Scaramouche aprés cette action, ſe reſſouvenant qu'il étoit né Gentilhomme, ſe fit habiller magnifiquement, & avec un Valet à ſa ſuite prit le chemin de la Lombardie.

CHAPITRE IV.

Scaramouche eſt mis aux Galeres aprés avoir eſté volé par ſon Valet.

SCaramouche s'entretenant ſur le chemin avec ſon Valet, s'aviſa aſſez imprudemment de luy faire confidence de la maniere dont il avoit quité son Pere, de l'accident qui luy étoit arrivé dans Rome, & du tour qu'il avoit joüé aux deux Eſclaves.

Comme il fut arrivé ſur le ſoir dans une Hôtellerie prés du grand chemin, il n'épargna rien pour apaiſer ſon apetit devorant, beut et mangea ſi bien, qu'il le fallut mettre de la table au lit. Il n'y fut pas long-temps ſans ronfler, comme un des plus gros tuyaux d'orgue.

Le Valet voyant ſon Maître ſi plongé dans le ſommeil, que tous les Canons de l'Arſenac ne l'euſſent pû reveiller, luy tira ſon haut de chauſſe de deſſous ſon chevet, & ſe ſaiſiſſant de tout le reſte de ſon équipage décampa ſubitement par une fenêtre qui donnoit ſur le derriere de la maiſon. .

Le pauvre Scaramouche ſe trouvant à ſon réveil, nud comme la main, éprouva que ce qui vient par la flûte s'en retourne ordinairement par le tambour. Il eut beau crier, jurer et tempêter, il fallut à la fin prendre patience, puiſque le mal étoit ſans remede.

Son Hôte luy donna par charité un méchant capot d'Eſclave pour ſe couvrir, & le coucha encore une nuit par pitié. Scaramouche, pour le remercier, luy vola le lendemain avant que de partir ſa cremillere qui étoit faite, à peu prés, comme une chaîne de Galerien, & pourſuivit ſon chemin juſqu'à Ancône en demandant l'aumône à tous ceux qu'il rencontroit.

Au nom de la ſainte Trinité, leur diſoit-il, faites la charité à un pauvre Eſclave racheté des mains des Turcs, & qui a ſouffert une infinité de tourmens pour la confeſſion de la foy. Il accompagnoit ces paroles de geſtes ſi touchans & d'une ſi grande abondance de larmes, que peu de gens luy refuſoient, & il trouvoit ſi bien ſon compte en ce genre de vie qu'il ne l'auroit ſans doute pas quitté ſi tôt ſans l'accident qui luy arriva dans la ville d'Ancône.

Je ne ſçay par quelle occaſion il ſe trouva pour lors dans ce Port trois Galeres de Naples. Quoy qu'il en ſoit, un jour l'Argouzin appercevant Scaramouche avec ſon habit de Galerien, lui mit la main ſur le colet. Comment coquin, s'écria-t-il, voleur, infame, tu croyois donc échaper ainſi à la Juſtice? Mais Dieu merci je te retrouve pendart, ſcelerat des plus indignes. Scaramouche levant les yeux au Ciel eut beau proteſter qu'il eſtoit innocent, l'Argouzin ne laiſſa pas de le conduire à la vuë de tout le peuple ſur une des galeres, où aprés lui avoir fait donner la baſtonade, il le mit au rang des autres forçats.

Le Capitaine de cette Galere eſtant ſurvenu peu de temps aprés, l'Argouzin luy annonça qu'il avoit par bonheur recouvré l'eſclave Napolitain qui s'étoit enfuy depuis deux mois avec cinq autres. Le Capitaine eut envie de le voir, & trouva qu'en effet Scaramouche avoit beaucoup de l'air du forçat Napolitain qui s'étoit ſauvé. Mais ayant reconnu à ſa voix que ce n'étoit pas luy, il le fit mettre en liberté, & lui donna quelques piéces d'argent pour le dédommager des coups qu'il avoit reçus.

Scaramouche voyant le danger qu'il avoit couru d'eſtre attaché pour toute ſa vie à la rame, alla promptement chez les Juifs acheter un habit, & quitta, quoy qu'à regret, la profeſſion d'eſclave mandiant.

CHAPITRE V.

Comment Scaramouche s'aſſocia à une Troupe de Comediens.

SCaramouche ayant acheté un habit ſelon ſes petites facultez, paſſa d'Ancone dans une ville de la Romagne qu'on nomme *Fanno*, où il trouva une Troupe de Comediens fort délabrée. Quoy qu'il n'eût jamais monté ſur le theâtre, il s'alla preſenter à eux, & leur dit hardiment qu'il eſtoit habile

Comedien. Il ne l'eſtoit pas encore, mais il préſageoit ce qu'il devoit devenir un jour.

Les Comediens le reçurent avec joye, & lui ayant demandé quel rolle il prétendoit faire, il leur répondit qu'il jouëroit le Comique ſous le nom de Scaramouche, & qu'il s'habilleroit de telle & telle maniere. Ils trouverent autant de bizarrerie dans le nom que dans l'habit ; & c'étoit avec raiſon que ce Perſonnage leur parut extraordinaire, puiſque Scaramouche a été dans ſon genre, un original qui n'a point eu de copie juſqu'à preſent & qui n'en aura peut-être jamais.

On luy demanda encore dans quelle Piece il vouloit joüer, il choiſit le Feſtin de Pierre, qu'il eſtimoit ſur toutes les autres Comedies, à cauſe du Repas qu'on y fait.

Cette Piece fut donc annoncée avec un Acteur nouveau. La curioſité y attira une foule extraordinaire, & Scaramouche ayant parfaitement réüſſi dans le cours de la Piece, fit encore ſi bien ſon devoir au Repas qu'il penſa crever au milieu des aplaudiſſemens.

Le Public fut ſi charmé de cette premiere

Reprefentation qu'il en demanda une feconde avec empreffement, Scaramouche y confentit tres volontiers, & au lieu des œufs durs dont il fe remplit la premiere fois, il mangea un gros poulet d'inde, deux perdreaux & une tourte de pigeonneaux.

Il remit cette troupe en bon état, & luy qui n'avoit jamais monté fur le Theatre, fut tenu par fes Confreres pour le premier homme du monde, & ils trouvoient en fa perfonne tout le facecieux enjouëment de Plaute, & quelquefois même la majeftueufe gravité de Terence.

Il eft vray que Scaramouche ne s'étoit pas fort appliqué à l'Etude des belles Lettres, mais il avoit en recompenfe un fi beau naturel qu'il paroiffoit tout fçavoir fans qu'il eût jamais rien apris.

Cette troupe alla paffer le Carnaval à Mantouë, & aprés trois ou quatre Reprefentations, Scaramouche plût tant au jeune Prince, qu'il ne fut pas long-tems fans recevoir de grandes marques de fa liberalité; & je laiffe à penfer fi Scaramouche qui étoit naturellement enclin à l'avarice fçut profiter de l'occafion.

CHAPITRE VI.

Ce que fit Scaramouche pour avoir un Habit & un Cheval du Duc de Mantouë.

SCaramouche allant un jour ſaluer le Duc, luy dit qu'il avoit une belle Piece dans l'imagination, mais qu'il manquoit d'Habits pour l'executer. Le Duc commanda auſſi-tôt qu'on luy laiſſaſt prendre dans ſa Garderobe tout ce qu'il auroit beſoin.

Scaramouche, ſelon les Ordres du Prince, ſe fit donner un Habit de velours noir, tout garny de ſemence de Perles, & outre cela, prit un riche harnois parmy les équipages. Comme il parut ſur le Theatre avec cet Habit magnifique, un Comedien dit qu'il falloit qu'un grand Prince luy eût prêté cet Habit, il répondit : Qu'apelles-tu prêté, Maraut : Prends tu un Prince pour un Fripier ; dis plûtôt qu'il me l'a donné, & tu parleras ſagement.

Le Prince le luy donna effectivement

aprés la Comedie, dequoy Scaramouche voulant le remercier, il s'embarraſſa ſi plaiſamment dans ſon compliment que toute l'Aſſemblée penſa étoufer de rire.

Quelque tems aprés Scaramouche alla à la rencontre du Duc, monté ſur un aſne, avec l'habit & le riche harnois qu'il en avoit eu. Le Prince ſurpris de cette extravagance en demanda le ſujet. Scaramouche répondit que c'étoit pour faire voir à tout le monde les beaux preſents dont ſon Alteſſe l'avoit honoré, & que s'il avoit eu aſſez d'argent il n'auroit pas manqué d'acheter un beau cheval pour correſpondre en quelque ſorte à la richeſſe du harnois. Le Duc entendant à demy-mot ordonna ſur le champ à ſon Ecuyer de luy en faire donner un de ceux de ſon écurie.

Scaramouche le vendit bien tôt aprés à un grand Seigneur qui en eut envie. Ce qu'étant parvenu aux oreilles du Prince, notre Comedien luy dit, pour s'excuſer, qu'il ne s'en étoit défait que pour luy faire plaisir; d'autant que s'il eût gardé plus long-tems ce cheval fringant, il ſe feroit infailliblement caſſé le cou, ou du moins eſtropié quelque membre; ce qui auroit pu donner du chagrin à ſon Alteſſe.

Ce Prince qui aimoit Scaramouche reçut ſes excuſes avec beaucoup de bonté, & ne luy accorda qu'avec peine la permiſſion d'aller à Bologne la Graſſe, où Scaramouche avoit envie d'aller depuis fort long tems.

CHAPITRE VII.

Comment Scaramouche fut mené en Priſon, & ce qu'il fit pour ſe vanger du grand Prevôt.

LOrſque Scaramouche fut arrivé à Bologne qui eſt le rendez-vous general des Comediens pendant le Carême, il ſe vit eſtimé de quelques-uns, mais envié de beaucoup d'autres; ce qui arrive ordinairement à ceux qui ſçavent ſe diſtinguer par leur merite.

Comme il ne haïssoit pas le Sexe, il fit bien-tôt une Maitresse, avec laquelle il prenoit plaisir de se promener tous les soirs au clair de la Lune; ce n'étoit pas sans repugnance du côté de la *Donna* qui sçavoit le danger auquel elle s'exposoit en se tenant dans les ruës à des heures indûës, contre les rigoureuses défenses de la Police. Mais Scaramouche se fiant sur son épée, & sur son courage, se moquoit de ses frayeurs. Nonobstant toute sa bravoure, le Barigel ou le grand Prevôt, assisté de dix ou douze Sbires, l'ayant pris luy & sa Maitresse, le conduisit en prison. Scaramouche en sortit le lendemain moyennant dix pistoles, tant pour luy que pour sa Maitresse; mais il jura de s'en venger.

Un jour de grande Fête, le Prevôt suivi d'une trentaine d'Archers, étant allé à la Messe à Nôtre Dame de la Mort, Scaramouche ayant trouvé occasion de le joindre dans la presse, luy coupa des boutons d'orfevrerie qui étoient attachez au derriere de son manteau d'écarlatte, & sortit ensuite de l'Eglise sans être aperçû.

Le grand Prevôt étant de retour en sa

maiſon, fut extrêmement ſurpris de la hardieſſe de celuy qui luy avoit coupé ſes boutons, & fit tous ſes efforts pour le découvrir. Il fit pour cet effet arrêter un grand nombre de Coupeurs de Bourſes, dont il fit foüeter les uns, & envoya les autres aux Galeres; mais ce fut en vain.

Scaramouche, qui ne ſe croyoit pas encore aſſez vangé, s'habilla en Garçon Tailleur, & ſçachant que le Prevôt étoit retenu pour affaire chez le Cardinal Legat, il entra hardiment dans ſa maiſon, tenant des Ciſeaux d'une main & les Boutons qu'il avoit volez de l'autre. En cet équipage, il parla à la femme du grand Prevôt, à laquelle il dît que Monſieur ayant retrouvé ſes Boutons, l'envoyoit prendre ſon manteau pour les y recoudre : la bonne Dame ne balança pas un moment à executer les ordres de ſon mary.

Scaramouche n'eut pas plutot le manteau, qu'il ne put s'empêcher d'aller témoigner ſa joye à ſa Maitreſſe, & de luy faire confidence du tour qu'il venoit de joüer au grand Prevot.

Mais ayant fait reflexion dans la ſuite, qu'il avoit confié ſon ſecret à une femme qui auroit de la peine à ſe taire; de crainte d'encourir quelque diſgrace, autant que pour n'être point obligé de payer quelques petits arrerages qu'il devoit à ſa Maitreſſe, il partit ſans luy dire adieu, & tira du coté de Florence.

CHAPITRE VIII.

La Recéption que luy fait le grand Duc.

SUR le chemin de Florence, un Gentilhomme ayant demandé à Scaramouche qui il étoit, il ſe nomma (*Fredonnelli*) & ſe dit Muſicien du Vice-roy de Naples. Le Gentilhomme trouvant quelque choſe d'extraordinaire, & en même tems de plaiſant dans la phiſionomie de Scaramouche, jugea qu'il ſeroit tres-propre à divertir le Duc de Florence pendant quelque moment.

Dês qu'il fut arrivé il avertit ce Prince

qu'un Muſicien celebre étoit venu avec luy, & qu'il ne ſeroit peut être pas fâché de l'entendre. On fit venir Scaramouche, qui ſans ſe faire tirer l'oreille, commença à preluder finement ſur ſa guitare, & dit enſuite la Chanſon bouffonne que je mets icy en faveur de ceux qui la luy ont entendu dire.

L'Aſinello innamorato
Canta, è raggia â tutte l'hore.
Pare un Muſico affamato,
Quando narra il ſuo dolore,
E cantando d'amor va,
Vt re mi fa ſol la. (Il brait.)

Quando vede l'Aſinella
Canta, all'hor con vocce acuta,
Pare un Maeſtro di Capella,
Quando batte la battuta :
E cantando d'amor va,
Vt re mi fa ſol la. (Il brait.)

Se tal'hor é nella ſtalla,
Mai fatica non lo doma,

Sempre ſalta & ſempre balla,
Quando porta anco la ſoma,
E cantando d'amor va,
Vt re mi fa ſol la. (Il brait.)

Scaramouche chanta cet Air avec tant d'agrément, & l'accompagna d'une Bouffonnerie ſi plaiſante, que le grand Duc ſe tenoit les cotez de rire. Ce Prince luy dit de chanter encore une Chanſon, à quoy il obeït auſſi-tot, & commença cette autre du Chat.

Amor che coſſa ai fatto,
A far innamorar il mio bel Gatto,
Affé lo vo caſtrare,
Acciò laſci é non torni più ad amare,
Coſſi ſará di te diſciolto é ſchiao,
Ne per Gatta ſará più gnao gnao. (Il miaule.)

Sopra il ciel delle mura,
Piange il miſero piange ſua ſuentura,
E con ſignaolati accenti
Fa, che ſ'oda d'intorno i ſuoi lamenti,
Solo ſi lagna é ſta fra il tetto è il trao,
Va parlando al ſuo ben dicendo gnao.
(Il miaule.)

Comme il achevoit ces paroles, le Duc courut l'embraſſer, & jura que jamais perſonne ne l'avoit ſi bien diverti.

Scaramouche découvrit alors au grand Duc qu'il étoit Comedien, & qui pretendoit aller joüer à Naples. Ce genereux Prince luy fit conter cent piſtoles, luy promit ſa protection, & luy donna encore des Lettres de faveur, dont Scaramouche ſe ſervit utilement, comme on le verra dans la ſuite.

CHAPITRE IX.

Scaramouche fait le Voyage de Florence à Livourne aux dépens de deux Iuifs.

SCaramouche étant ſorti de Florence rencontra deux hommes à cheval, à qui il demanda quelle route ils tenoient? A quoy ayant répondu qu'ils alloient à Livourne, il les pria de le vouloir bien ſouffrir en leur compagnie, parce qu'autrement étant étranger, & ne ſçachant point les chemins, il couroit riſque de s'égarer. Ils ſe joignirent d'autant plus volontiers avec luy, qu'en leur demandant cette grace, il avoit fait des mines dont ils ne purent ſe tenir de rire.

En chemin faiſant, Scaramouche s'informa qui ils étoient, ils luy dirent qu'ils ſe nommoient; l'un *Aron;* & l'autre, *Merdacayœ*, & qu'ils étoient Marchands Juifs demeurant à Livourne. Scaramouche étant interrogé à ſon tour par les Marchands de ſon nom & de ſa qualité, répondit, qu'en ſait de qualité, il n'avoit que celle d'être honnête homme; mais qu'il étoit Portugais; que ſon Pere s'appelloit Dom Juan Caſtillos, & luy Pedro Caſtillo, & que tous ſes Parens avoient vêcu long tems dans Liſbonne, en Public, comme de bons Chretiens, & en ſecret comme de veritables Juifs. Il ajoûta que n'ayant plus ni pere ni mere, il alloit à Livourne pour ſe declarer Juif, & que, graces à Dieu, il avoit encore aſſez de bien pour vivre noblement.

Les Juifs ravis de l'entendre le confirmerent dans ſon deſſein, & l'exhorterent à prendre un autre nom. Il leur dit, que puis qu'il avoit le bonheur d'être tombé entre leurs mains il s'en remettroit entierement à eux ſur cela.

Les deux Juifs ayant parcouru preſque tous les noms de l'ancien Teſtament, luy donnerent celuy de Benjamin, & le deffrayerent ſur la route; ce que Scaramouche fit ſemblant de ne vouloir point ſouffrir, & ne le permit qu'avec beaucoup de peine, en diſant qu'il comteroit donc avec eux à la fin du voyage.

A une lieuë de Livourne Scaramouche les pria de luy vouloir enſeigner un logis. *Aron* luy offrit le ſien de bonne grace, diſant qu'il n'eſtoit point marié, & qu'il pourroit y reſter juſqu'à ce qu'il euſt trouvé un appartement à ſa commodité. Scaramouche n'accepta cet offre qu'à condition qu'il payeroit tant par jour.

Le Juif qui eſtoit veritablement Juif y condeſcendit au grand regret de Scaramouche qui n'eſtoit pas moins intereſſé, quoy que Chretien.

Eſtant arrivé à Livourne, il alla loger chez *Aron* qui le fit connoitre aux Rabins, qui le perſecutoient ſans ceſſe de venir à leur

Synagogue : mais il trouvoit toujours quelques défaites, & lors qu'il pouvoit eſtre ſeul, il alloit ſur le port pour voir s'il ne trouveroit point quelque baſtiment preſt à faire voile pour Naples. Au bout de quinze jours il trouva heureuſement une tartane, où il arrêta ſa place.

L'embarras eſtoit de retirer ſa valiſe de chez Aron ſon Hoſte. Aprés y avoir rêvé un moment, voicy le biais dont il s'y prit. Il alla trouver l'Inquiſiteur. Vous ſçaurez, luy dit-il, Mon Reverend Pere, qu'un certain Juif de la ruë neuve, nommé *Aron,* & ſon Couſin *Merdacayæ* veulent me forcer à eſtre de leur religion. Ils me retiennent mes hardes, & je n'oſe retourner chez eux de crainte qu'ils ne m'enferment. Vous ſçavez, Mon Reverend Pere, que ce ſont des gens maudits de Dieu. Je les ay défrayez de Florence juſqu'icy, & ils ne veulent pas me rembourſer des frais que j'ay faits pour eux. J'ay arrêté ma place dans une tartane qui va à Naples où je dois me rendre inceſſamment. Voicy des lettres du Grand Duc qui inſtruiront votre Reverence de la verité. En diſant ces paroles il ſe prit je ne ſçay comment à pleurer; ce qui démonta la gravité de l'Inquiſiteur qui voyant les lettres du Grand Duc fit venir les Juifs devant luy, et ſans vouloir ſeulement les écouter, leur commanda de rendre la valiſe à Scaramouche, & de luy donner outre cela dix piſtoles d'Eſpagne. Scaramouche remercia tres humblement l'Inquiſiteur, & s'en alla de ce pas s'embarquer dans la tartane, qui partit demie heure aprés.

CHAPITRE X.

Scaramouche vit aux dépens de deux Religieux pendant le voyage, & a l'adreſſe de leur excroquer une croix d'or.

SCaramouche auroit encore eu aſſez de loiſir pour faire des proviſions de bouche, comme c'eſt la coutume de ceux qui font voyage dans de grands baſtimens, parce qu'on ne peut pas prendre terre facilement. Il ne ſe ſoucia pourtant pas beaucoup d'en acheter, eſperant qu'il trouveroit aſſez d'expediens pour vivre aux dépens des autres Voyageurs.

Parmy le grand nombre de gens qui ſe trouverent avec luy dans la tartane, il y avoit deux Religieux ſur leſquels il jetta la vuë pour ſe faire nourrir juſques à Naples.

A peine la tartane fut-elle hors du port qu'il commença à entonner les Litanies des Saints, mais d'une voix ſi devote, que tout le monde en fut édifié, & particuliérement les deux bons Peres. Lors qu'elles furent finies il continua par le *Credo*, le *Salve* & le *De profundis;* aprés quoy chacun s'eſtant levé il demeura ſeul à genoux encore plus d'une heure, feignant d'eſtre dans la plus haute contemplation : mais dans le fond toute ſa meditation ne rouloit que ſur les moyens de manger ſans qu'il luy en coutaſt rien.

L'heure du dîner approchant, un de ces bons Peres vint l'interrompre, & le tirer de ſes profondes extaſes, au grand plaiſir de Scaramouche qui ne demandoit pas mieux que de lier converſation avec luy, &

qui commençoit déja à s'ennuyer. Le bon Pere voulut le louer ſur ſa devotion : Mais Scaramouche baiſſant les yeux modeſtement rejetta bien loin ſes louanges, & dit d'un air de bigot, qu'il eſtoit un grand pecheur, & qu'il avoit fait plus de mal qu'on ne pouvoit s'imaginer.

Pendant que les paſſagers étaloient leur petite proviſion, les uns ſur des bancs & les autres ſur des coffres, un Marinier vint ſervir le dîner des bons Peres, à la vuë de Scaramouche.

Celuy qui l'entretenoit luy ayant demandé ſon nom & ſon pays, il répondit qu'il eſtoit fils d'un Gentilhomme de Naples âgé de quatrevingt ans, qui avoit prés de cent mille écus de bien, & que pour luy, ayant eſté atteint d'une grande maladie qui luy avoit extrêmement affoibli la vuë, ſon pere qui l'aimoit uniquement l'avoit voué au grand ſaint Antoine de Padouë, d'où il revenoit en demandant l'aumone pour accomplir les vœux de ſon pere, & que ce qui luy faiſoit le plus de peine étoit de ſe voir contraint de demander aux autres ce qu'il pouvoit luy même donner par generoſité. Il ajouta encore que quoy qu'il fuſt fils unique il avoit deſſein de ſe rendre Religieux dés qu'il ſeroit arrivé à Naples, pour reconnoitre la grace que Dieu luy avoit faite de luy donner le temps de faire penitence.

Le bon Pere l'ayant écouté avec admiration, l'encouragea de perſeverer, & publia à haute voix une ſi ſainte reſolution. On en fut ſi édifié, que chacun luy fit offre de ſa table. Mais les bons Religieux le prierent ſi obligemment de vouloir bien manger avec eux, que Scaramouche remercia les autres de leur bonne volonté, & dit aux Reverends Peres qu'il acceptoit d'autant plus volontiers l'honneur qu'ils vouloient luy faire, qu'il ſeroit bien aiſe de commencer à s'habituer à leur ordinaire.

Scaramouche ne prit toutefois ce dernier parti que parce qu'il crut que ſon appetit y trouveroit mieux ſon compte. Aprés qu'il ſe fut mis à table, & qu'il eut pris ſes lunettes, pour épargner aux Reverends Peres les complimens que l'on fait d'ordinaire aux conviez, il devora tout ce qui fut ſervi devant luy. Un des Religieux luy voulant faire quelque queſtion pendant le dîner, Scaramouche qui craignoit de perdre un coup de dent, A Dieu ne plaiſe, leur dit-il, Mes Reverends Peres, que je vous faſſe des leçons ; mais je crois qu'il ſeroit à propos d'obſerver le ſilence pendant le repas puis que nous aurons aſſez de temps de nous entretenir.

Scaramouche voyant que les Peres ne mangeoient plus, ſe leva de table ayant la larme à l'œil & levant les mains au Ciel. Les Peres voulant ſçavoir pourquoy il pleuroit, il leur dit que c'êtoit de la joye qu'il avoit d'eſtre tombé en de ſi bonnes mains. Mais le vray motif de ſes pleurs eſtoit d'avoir vu deſſervir un chapon gras ſur lequel il n'avoit oſé toucher.

Scaramouche aprés avoir remercié les Religieux, leur jura foy de Gentilhomme qu'en arrivant à Naples ils recevroient une ample récompenſe de leur charité, d'autant que ſon Pere n'ayant pas long-tems à vivre, il donneroit tout ſon bien à leur Convent.

De paroles à autres je ne ſçay comment le diſcours tomba ſur la ville de Rome, à propos de quoy un des Peres ayant dit que le Pape luy avoit fait preſent d'un crucifix d'or qu'il n'eſtimoit pas tant pour ſa valeur (quoy qu'il peſaſt cinquante piſtolles) que parce qu'il avoit la vertu de chaſſer les demons.

A peine eut-il prononcé ces paroles, que Scaram. ſe mit à faire des grimaces effroyables, roulant ſes yeux dans la teſte, & écumant par la bouche comme un veritable poſſedé. Il joua ſi bien ſon rôlle, que le Pere le croyant agité du malin eſprit, luy mit ſa croix d'or ſur l'eſtomac; ce qui ne ſervit qu'à le rendre plus furieux, & à luy faire pouſſer des hurlemens accompagnez de mots barbares, qui causerent de l'effroy aux ſpectateurs.

Toutefois moderant ſes tranſports petit à petit, il revint dans un eſtat un peu plus tranquille; & comme s'il fuſt ſorti d'une profonde letargie, il ſe mit à deux genoux pour remercier ſon liberateur, gardant neanmoins dans ſes yeux égarez quelque reſte de l'agitation violente qu'il avoit ſoufferte.

Il ne pouvoit ſe laſſer de baiſer le crucifix, en le ſoupeſant dans ſa main pour juger s'il eſtoit du poids dont on l'avoit dit. Enfin il ſupplia le bon Pere de le luy vouloir bien laiſſer pendant le voyage, de crainte qu'il ne retombaſt dans un ſemblable accident. Ce ne fut pas ſans peine qu'il obtint cette faveur du Reverend Pere.

Lors qu'il ſe vit muni de la ſainte Relique, il fit mille contes fabuleux ſur ſa feinte poſſeſſion. Tantôt le demon l'avoit tranſporté ſur la pointe d'un clocher, tantôt il l'avoit fait jeuner quinze jours de ſuite; en un mot, il inventoit tous les jours quelques nouvelles avantures.

Comme on eut paſſé *Iſcha* & *Proſchida*, deux petites villes fort prés de Naples, pluſieurs chaloupes vinrent au devant de la tartane pour débarquer les Paſſagers. Pendant que tout le monde eſtoit occupé à chercher ſes hardes, Scaramouche avec ſa valiſe ſous ſon bras ſauta ſubtilement dans une des chaloupes, & feignant d'eſtre extremement preſſé il fit ramer ſi vîte, qu'on le perdit bien toſt de vuë.

Les Religieux ne trouvant plus Scaramouche, s'apperçurent, mais trop tard, de ſon evaſion. Je laiſſe à penſer dans quelle conſternation fut celuy dont il emportoit le beau crucifix, et il ſuffit de dire que Scaramouche trouva encore une fois le ſecret de vivre aux dépens d'autruy, & d'avoir encore un bijoux ſi precieux qu'une croix de cinquante piſtolles.

CHAPITRE XI.

Scaramouche ayant dépenſé tout ſon argent en ſuperbe équipage & en bonne chere, ſe remit à la Comedie, & gagna les bonnes graces du Duc de Satrian.

SCaramouche eſtant arrivé à Naples s'habilla magnifiquement, prit deux Eſtafiers avec un carroſſe, et changeant preſque tous les jours de maitreſſe, il n'oublia rien pour ſe donner tous les plaiſirs qu'on peut prendre dans les grandes villes quand on a de l'argent.

Il eut bientoſt conſommé tout ce qu'il

avoit amaſſé depuis Florence, & ne trouvant perſonne qui vouluſt lui preſter (les Napolitains n'eſtant pas aſſez genereux pour eſtre dupes) il fut obligé de congedier tout ſon équipage, & ſe vit reduit à la triſte neceſſité de ſe ſervir luy-meſme.

On dit ordinairement que la faim fait ſortir le loup du bois; de meſme la diſette d'argent contraignit Scaramouche de ſe deffaire pour un tems des penſées de grandeur & de nobleſſe dont il s'infatuoit quand il avoit le gouſſet garny.

Une Troupe de Comediens ſe trouvant pour lors fortuitement dans la ville de Naples, il y alla demander une place. On le reçut volontiers, & il joua le Rolle de Scaramouche avec tant d'agrément, que le Duc de Satrian ayant entendu parler avantageuſement du nouvel Acteur, reſolut de faire venir la Troupe dans ſon Palais, pour divertir ſa famille.

Le jour deſtiné à cette feſte, un grand nombre de Nobleſſe ſe trouva dans le Palais du Duc ſelon la coûtume; Scaramouche fit des merveilles & s'attira des loüanges qui en repaiſſant l'eſprit, auroient eſté capables de raſſazier l'apetit de tout autre : cependant Scaramouche s'eſtant aſſis à table par un ordre exprés du Duc, s'excrima ſi bien contre les plats qu'on connut bien-toſt que la gloire n'eſtoit pas le mets qu'il recherchoit le plus.

Au reſte ſi dans quelqu'autre repas j'oublie à dire que Scaramouche s'aquittoit fort bien du devoir de gros mangeur, je ſupplie le Lecteur de ſe le tenir pour dit, dans toute la ſuite de cette Hiſtoire.

Le ſouper eſtant fini, comme chacun voulut s'en retourner chez ſoy, les gens du Duc prirent des Flambeaux d'argent pour éclairer à la compagnie, juſqu'au bas de la porte.

Scaramouche pour faire du neceſſaire en prit auſſi un de chaque main, & ſortant dans la ruë, il pouſſa ſi loin la civilité qu'il ſe conduiſit luy-même juſques à ſon logis.

Le lendemain Scaramouche retournant ſouper chez le Duc, il luy dit que ſon Argentier meritoit une verte reprimande, puiſque s'il avoit voulu il auroit emporté une bonne partie de ſa vaiſſelle le ſoir d'auparavant; cependant qu'il s'eſtoit contenté d'une paire de Flambeaux, qu'il garderoit bien mieux que ſon Officier, s'il plaiſoit à ſon Alteſſe de les luy donner.

Ce Prince les luy donna effectivement, mais lors qu'il voulut s'en aller, il ordonna à un Eſtafier de le reconduire, de crainte qu'il ne luy en coûtaſt encore deux Flambeaux, ſi Scaramouche ſe fut éclairé luy-même.

CHAPITRE XII.

Scaramouche joüe chez le Duc de Caſtre, où il rencontre le Religieux du Crucifix.

LE Duc de Caſtre ayant apris le tour que Scaramouche avoit joüé au Duc de Satrian, eut envie de le voir, & fit venir pour cet effet les Comediens chez luy ; l'Argentier de ce Prince qui ſçavoit comment Scaramouche s'eſtoit déja comporté dans la maiſon du Duc de Satrian, eut ſoin de veiller exactement ſur ſa vaiſſelle.

Aprés la colation qui fut donnée dans le jardin, Scaramouche avec ſon habit de Theatre alla dans une allée écartée pour y repeter quelques nouvelles Scenes. Pendant qu'il s'exerçoit à faire les grimaces & les poſtures neceſſaires à ſon Rolle, croyant n'eſtre vû de perſonne, le Religieux de la Tartane le regardoit attentivement au travers d'une paliſſade.

Ce bon Pere ayant eu tout le loiſir de l'examiner, aprés avoir eſté long-temps en ſuſpens, fut enfin convaincu que celuy qu'il voyoit eſtoit ſon poſſedé : il s'en approcha tout doucement par derriere, & l'ayant arreſté par ſon petit manteau, luy demanda ſon Crucifix.

Scaramouche ne fut pas peu ſurpris de ſe voir reconnu, il ne laiſſa pas toutefois de faire ſemblant d'ignorer le fait : mais plus il s'obſtinoit à le nier, plus ſon parler confirmoit le Religieux dans ſa penſée; il eut beau dire qu'il eſtoit homme d'honneur, qu'il s'apelloit Scaramouche & qu'on le prenoit pour un autre, le Pere n'en voulut point démordre & le tenant toûjours par ſon manteau ſe mit à crier de toute ſa force Au voleur.

Scaramouche prevoyant bien qu'on viendroit au ſecours du Reverend Pere, ſe dégagea prontement d'entre ſes mains, que les gens qui accoururent au bruit de tous côtez, trouverent le Religieux ſeul tenant le manteau de Scaramouche.

Le Duc & la compagnie luy ayant demandé le ſujet de ſon allarme, le Pere leur raconta de la maniere dont Scaramouche luy avoit excroqué ſon Crucifix ſur la route de Livourne à Naples, & comme l'ayant reconnu dans le jardin, il s'eſtoit échapé en luy laiſſant ſon manteau entre les mains.

Le recit de cette avanture fit toute la Comedie, car Scaramouche ayant traverſé toute la ville avec ſon habit de Theatre, non ſans attirer aprés ſoy toute la populace, fit promptement ſon coffre & s'alla embarquer ſur un Vaiſſeau qui ſe preparoit à faire voile pour l'Iſle de Malte, s'eſtimant fort heureux d'en eſtre quitte à ſi bon marché.

CHAPITRE XIII.

Scaramouche eſt aimé de la Maîtreſſe du Capitaine du Vaiſſeau ſur lequel il s'eſtoit embarqué.

SCaramouche eſtant ſur le Vaiſſeau ne fut pas long-temps à faire connoiſſance avec le Capitaine qui luy offrit ſa table, ce qui combla de joye Scaramouche, qui n'ayant pas accoûtumé de refuſer de pareilles offres, l'accepta de tres bon cœur.

Une Eſpagnole qui mangeoit auſſi avec le Capitaine trouva Scaramouche fort à ſon gré. Son air & ſes manieres plaiſantes, jointes à une taille avantageuſe, la charmerent tellement qu'elle en devint amoureuſe à la folie, & en fit confidence à l'Eſclave qui la ſervoit.

Scaramouche de ſon côté s'aperçut bientoſt de l'amour de l'Eſpagnole par les œillades pleines de flames qu'elle luy jettoit à tout moment, & il fut entierement confirmé dans ſon opinion lors que l'Eſclave luy vint dire à l'oreille que ſa Maîtreſſe ſouhaitoit fort de luy dire quelque choſe.

Scaramouche ne manqua pas de profiter de l'occaſion, & laiſſant un jour le Capitaine ſur le Tillac, il ſe gliſſa dans la chambre de l'Eſpagnole qui eſtoit toute diſpoſée à le bien recevoir.

Il commençoit à peine à joüir de ſa bonne fortune, qu'un grand orage s'éleva tout à coup, & penſa abîmer le Vaiſſeau. L'Eſpagnole troublée par les cris qu'elle entendit pouſſer aux Matelots, & par le bruit des vagues, repouſſa rudement Scaramouche en luy diſant qu'il eſtoit la cauſe du danger.

La bourraſque n'ayant duré qu'un demi-quart d'heure tout au plus, Scaramouche qui eſtoit demeuré derriere la porte de la chambre, confus & preſque interdit reprit courage lorſqu'il entendit l'Eſpagnole qui l'apelloit : (*Mi Coraçon*, *mis Oios*, *mi Alma*, *vengas*, *Señor Tiberio*, *vengas*.) Il ne ſe le fit pas dire deux fois, mais pendant qu'il goutoit tout ce que l'amour a de plus tendre, une tempête plus violente que la premiere, interrompit encore une fois le cours de ſes plaiſirs.

Ce fut avec bien du regret que Scaramouche ſe vit contraint d'abandonner une ſeconde fois l'Eſpagnole ; il vint ſur le Tillac, d'où le Capitaine avoit déja fait ſauter dans la mer une grande quantité de hardes pour ſoulager ſon Vaiſſeau.

Le jour ayant ramené le calme ſur les eaux, excita un grand trouble dans l'eſprit de Scaramouche, qui ne trouvant plus ſon coffre, ſe mit à jurer contre le Capitaine & à maudire les plaiſirs qu'il avoit goutez pendant la nuit avec l'Eſpagnole.

Le Capitaine chagrin de la perte de ſes marchandiſes, & comprenant par les imprecations de Scaramouche, que l'Eſpagnole ne luy avoit pas eſté cruelle, il déchargea toute ſa colere ſur ſon rival, & l'ayant preſque fait aſſommer de coups, le mit à terre dans un endroit inhabité & plein de Rochers.

Scaramouche réduit dans ce triſte eſtat ſe mit à pleurer comme un enfant : mais voyant qu'il n'y avoit point de remede à ſon malheur, il fit tant qu'aprés avoir grimpé comme une chevre pendant plus de deux heures, il parvint ſur le haut de la Montagne.

CHAPITRE XIV.

Scaramouche eſt rencontré par des Bandis, qui le contraignent de demeurer avec eux.

LE deſtin qui ſembloit prendre plaiſir à perſecuter Scaramouche, le fit tomber entre les mains d'une troupe de Voleurs de grands chemins, qui le prenant pour un Eſpion du Viceroy de Palerme, le queſtionerent le Poignard ſur la gorge.

Scaramouche qui ne s'eſtoit jamais trouvé à pareille Fête, tachoit de les adoucir par toute ſorte de poſtures les plus humiliantes, car la peur luy avoit ôté l'uſage de la parole.

Les Bandis ne ſe payant point de ſes grimaces, il ſut obligé de leur raconter naïvement toute ſon avanture : mais les Voleurs n'y ajoutant point de foy le contraignirent de demeurer avec eux & de les ſuivre par tout.

Un jour ces Bandis aprés avoir aſſaſſiné un riche Marchand, auquel ils prirent ſix cens Piſtoles, voulurent les aller partager dans une maiſon qui eſtoit inhabitée depuis long-temps à cauſe qu'on croyoit que les eſprits y revenoient.

Trois voyageurs qui s'y eſtoient mis à l'abri un peu auparavant, effrayez à la vuë de tant de gens armez, voulant ſe cacher dans les lieux les plus reculez, firent tomber quelques platras, dont le bruit épouvanta ſi fort les Voleurs, que dans la penſée que tout l'Enfer s'alloit déchaîner contre eux, ils s'enfuirent au plus vîte & laiſſerent leur argent à l'abandon.

Les voyageurs ravis de les voir décamper, fermerent la porte ſur eux, et ſe mirent à partager eux-mêmes le butin.

Les voleurs à une portée de mouſquet du lieu qu'ils avoient quitté ſi precipitament, regrettant leur argent, contraignirent Scaramouche d'y retourner pour voir ce qu'il feroit devenu.

Scaramouche n'ofant refufer cette commiffion quelque perilleufe qu'elle luy parût, arriva juftement à la porte de la maifon lors qu'un des voyageurs difoit à fes camarades que le ciel leur avoit envoyé cet argent fort à propos puifqu'ils avoient à peine chacun quinze fols quand ce bon-heur leur eftoit arrivé.

Scaramouche n'ayant entendu ces paroles qu'à moitié, revint promptement dire aux voleurs qu'il avoit trouvé la porte fermée, & que les Demons eftoient venus en fi grand nombre, qu'à peine avoient-ils eu chacun quinze fols de tout l'argent qu'ils leur avoient laiffé.

Quoyque Scaramouche eut la confcience affez large, comme on l'a déja pû remarquer, il ne laiffoit pas d'avoir de l'horreur d'eftre en la compagnie de ces Brigands, & il s'en feroit volontiers détaché, s'il n'eût apprehendé d'eftre tué au moindre femblant qu'il eût fait de fe fauver.

Il faifoit boüillir leur marmite & les fervoit à table, mais ſon plus grand chagrin eſtoit lors que les Bandis changeoient de retraite; car on le chargeoit de tout l'équipage ſous lequel il penſa eſtre accablé plus d'une fois.

En changeant de demeure ſi ſouvent les voleurs avoient deſſein de dépayſer le Grand Prevôt : mais il arriva tout au contraire que par ces marches frequentes ils tomberent dans une embuſcade de plus de trente Archers, qui à la premiere décharge en mirent cinq ou ſix par terre; tout le reſte prit la fuite excepté Scaramouche qui fut fait priſonnier.

On le conduiſit pieds & mains liez à Palerme, comme un voleur de grand chemin, & il auroit eſté pendu prevotablement ſi le Juge qui vouloit aprendre de ſa bouche le nombre des voleurs, n'eût fait ſurſeoir ſon execution.

Scaramouche eſtant interrogé, raconta de quelle maniere les Bandis l'avoient contraint de les ſuivre; mais tout cela n'eût ſervi de rien pour ſa juſtification s'il ne ſe fût ſouvenu du nom du Capitaine qui l'avoit mis hors de ſon bord, dans les Montagnes.

Comme il n'y avoit pas long temps que ce même Capitaine qui ſe nommoit Pereſſo, avoit relaché dans le Port de Palerme pour y faire un Procez verbal des marchandiſes qu'il avoit eſté contraint de jetter en mer, le Juge le fit confronter avec deux Marchands palermitains, qui n'oſant ſe commettre davantage à l'infidelité de la mer, avoient quitté le Vaiſſeau dudit Pereſſo.

Ils reconnurent Scaramouche & dépoſerent la verité du fait; le Juge ayant ouy leurs dépoſitions, le renvoya abſous. Scaramouche fut fort aiſe de ſe voir délivré d'une affaire ſi chatoüilleuſe; cependant ſa joye diminuoit de beaucoup lorſqu'il ſe voyoit tout nud, & que le Geolier des plus Arabes, luy demandoit encore cinquante Carlini pour le laiſſer ſortir de priſon.

Scaramouche ne ſçachant à quel Saint ſe voüer envoya prier des Comediens qui jouoient dans le Palais du Viceroy, d'avoir la bonté de l'aſſiſter. Quoyque cette Troupe n'eût point encore entendu parler de la capacité de Scaramouche, elle ne laiſſa pas de le tirer charitablement de priſon, & même le prit à ſon ſervice, pour un teſton par jour.

Scaramouche aprés avoir ſervi quelque temps comme Gagiſte, s'offrit pour joüer une Contre-ſcene du Comique, ce qu'il ne pût obtenir que lorſque celuy qui jouoit le rôle de Coviello vint à mourir

Il n'eut pas plûtôt parû ſur le Theatre qu'il charma tout le public à ſon ordinaire, juſques-là que ſes confreres qui eſtoient des plus habiles de l'Italie, en furent jaloux; ils cherchoient même les occaſions de le chagriner en l'empêchant de joüer auſſi ſouvent qu'il auroit voulu; mais Scaramouche ne pouvant oublier la maniere obligeante dont ſes confreres l'avoient ſecouru, & ſe reſſouvenant que ſans eux il eût peut-être pourri dans la priſon, il ſupportoit patiemment tous les chagrins qu'ils luy pouvoient cauſer.

Cet exemple de modeſtie & de reconnoiſſance dans un Comedien tel que Scaramouche devroit faire rougir de honte ceux qui ſe ſentant quelque habileté plus que leurs confreres, mépriſent toute la Troupe dans laquelle ils ſont entrez, & où ils pretendent ſeuls décider de tout.

CHAPITRE XV.

Scaramouche devient amoureux de Marinette, ſa premiere femme.

SCaramouche ayant fait une ſerieuſe réflexion ſur les inconveniens où l'avoit jetté ſa prodigalité, commença à devenir plus œconome; & au lieu de manger ſon argent aux Cabarets les jours qu'il ne jouoit point, il s'alloit divertir à la promenade.

Un jour qu'il eſtoit à une lieuë ou environ de la Ville, il aperçut une jeune fille qui eſſuyoit ſes cheveux qu'elle venoit de laver ſur le bord d'un ruiſſeau, & qui eſtoient d'une longueur ſi extraordinaire, que quoyqu'elle fût montée ſur une groſſe pierre, ils ne laiſſoient pas de traîner à terre, outre qu'ils eſtoient de la plus belle couleur du monde.

Cette charmante chevelure jointe à la beauté de la jeune perſonne qu'elle couvroit, fut un lien qui enchaîna le cœur de Scaramouche.

La mere de la jeune blonde le voyant ſi fort attaché à conſiderer ſa fille, ne put s'empêcher de luy dire qu'il la trouvoit apparemment bien à ſon gré, puis qu'il la regardoit ſi attentivement.

Scaramouche repartit qu'il n'avoit en effet jamais rien vû de ſi charmant, & que ſa fille eſtoit digne de l'admiration des plus fins connoiſſeurs.

La mere conjecturant par le diſcours de Scaramouche qu'il eſtoit amoureux de ſa fille, luy dit qu'elle eſtoit à marier, & que ſi il eſtoit garçon il ne tiendroit pas à elle qu'un tel mariage ne ſe conclût. Mon mary, ajoûta-t-elle, eſtoit un bon marchand, dont la mort fit beaucoup de tort à nos affaires; mais ſi nous manquons de bien, nous avons toûjours vécu avec honneur.

Scaramouche garda pendant tout ce discours un ſilence fort réveur, dont la mere ayant demandé le ſujet, il répondit qu'il eſtoit beſoin de penſer long-temps à ce qu'on ne devoit faire qu'une fois, & que d'ailleurs il avoit ouï dire que pour prendre une bonne femme, il falloit qu'elle fût ſans yeux pour ne point voir les amours de ſon mary; ſans langue, pour ne luy point repondre quand il la querelle; & enfin ſans oreilles pour ne point écouter les fleurettes d'un amant.

Toutefois vôtre fille ne me paroît ny aveugle, ny ſourde, ny muette, mais au contraire, elle a bon pied & bon œil.

Ce diſcours fit rire la mere, qui dit à Scaramouche qu'elle ne ſçavoit d'autre deffaut dans ſa fille, que celuy d'eſtre pauvre. Tant mieux, répondit-il, c'eſt une méchante marchandiſe qu'une fille lors qu'il faut donner de l'argent pour s'en défaire. J'épouſeray la vôtre ſans dotte, & par le ſeul amour que je luy porte; ſa beauté & ſa vertu me tiendront lieu des plus grandes richeſſes. En parlant ainſi ſur le pretendu mariage, il les reconduiſit juſques chez elles. Il ne tarda guere à s'informer dans le voiſinage, & trouvant que la mere ne luy avoit rien dit qui ne fût veritable, il épouſa la fille au bout de quinze jours.

CHAPITRE XVI.

Scaramouche trouve heureusement une Chaîne d'Or, lors qu'il a le plus besoin d'argent.

LE temps approchant que la Troupe des Comediens de Palerme devoit aller passer l'hyver à Rome, Scaramouche qui avoit presque dépensé tout son argent, tant en festins qu'en habits de nôces, se trouva bien embarassé.

Dans le plus fort de son inquietude il trouva heureusement une bourse dans laquelle estoit une Chaîne d'Or de la valeur de cent Loüis. La veuë d'un si beau metail dissipa tout son chagrin : toutefois il se trouva dans un nouvel embarras; car il aprehendoit qu'en voulant faire de l'argent de la Chaîne, elle ne retrouvast son maître; & de plus il jugeoit avec raison qu'il n'estoit pas à propos de confier à personne un pareil secret.

Le Marquis *d'Aqua viva*, qui avoit perdu

cette Chaîne ayant fait afficher qu'il donneroit vingt piſtoles à celuy qui la luy rendroit, Scaramouche ſe mit en tête de les avoir ſans rendre la Chaîne.

Il alla pour cet effet chez un Doreur en cuivre, auquel il en fit faire une de ce metail, toute ſemblable à celle qu'il avoit trouvée : enſuite il fut trouver un bon Religieux à qui il remit un anneau d'or, qu'il avoit détaché de la Chaîne du Marquis, en luy diſant, Je ſçay, mon Reverend Pere, qui a la Chaîne d'Or du Marquis *d'Aqua-viva :* mais celuy qui l'a trouvée veut abſolument trente piſtoles, & ne la rendra pas à moins, car c'eſt un homme qui a famille & qui eſt chargé d'un grand nombre d'enfans. Le bon Pere exhorta Scaramouche à luy découvrir qui avoit la Chaîne, & qu'il devoit eſtre aſſuré que Monſieur le Marquis ne regarderoit pas à dix piſtoles.

Scaramouche ne voulut point s'y fier, & dit reſolument au Pere que ſi on ne donnoit les trente piſtoles dans vingt-quatre heures, la Chaîne couroit riſque d'eſtre perduë pour le Marquis, & qu'au reſte il luy confioit ce ſecret, ſous le ſceau de la confeſſion.

Le Pere voyant qu'il perſiſtoit dans cette reſolution, luy dit de revenir le lendemain à pareille heure.

Scaramouche ne manqua pas de ſe trouver au rendez-vous, & moyennant trente piſtoles que le Pere luy compta, il luy délivra la Chaîne de cuivre dorée dans la même bource où il avoit trouvé celle qui eſtoit d'or. Scaramouche en quittant le Pere luy donna mille benedictions, & s'en revint tout joyeux vers ſa femme, qui fut auſſi aiſe de l'aventure de ſon mary, que le Marquis fut chagrin lors que le Pere luy raporta une Chaîne de cuivre, au lieu de la ſienne d'or, qu'il eſperoit de r'avoir.

CHAPITRE XVII.

Voyage de Scaramouche & de Marinette ſa femme de Palérme à Rome.

SCaramouche ayant trouvé de l'argent comptant par ſon induſtrie, partit avec le reſte de la Troupe pour aller à Rome;

mais l'exceſſive délicateſſe de Marinette ſa femme luy fit bien-tôt éprouver que celuy qui croyoit vivre le plus content du monde dans le mariage, n'eſt pas long-temps à ſe repentir de s'y eſtre engagé.

Quoyqu'il aimaſt beaucoup ſa femme, il ne ſupportoit qu'impatiemment toutes ſes petites manieres autant affectées que ridicules, juſques-là qu'ayant à tout moment des differens avec elle pour ce ſujet, il apprêtoit à rire à tous ſes confreres; le naturel des Comediens eſtant de ne ſe point épargner, & de chercher avec empreſſement les occaſions de ſe railler les uns des autres.

Marinette faiſoit arrêter le Caroſſe à tout moment, tantôt parce qu'elle ſe trouvoit mal, tantôt pour faire de l'eau, & tantôt pour cueillir une fleur qu'elle voyoit dans la campagne.

Scaramouche prenoit patience, comme on dit en enrageant : mais ce fut bien pis lors qu'eſtant arrivé à l'Hôtellerie, Marinette ne trouva rien à ſon goût; la fumée du boüilli l'incommodoit, le vin eſtoit trop vert ou trop doux, le pain eſtoit trop tendre ou trop raſſis, la ſoupe n'eſtoit pas aſſés ſallée, rien enfin ne luy plaifoit. Bien que Scaramouche eût pris foin de luy chercher le meilleur lit qui fût dans toute l'Hôtellerie, elle ne laiffa pas de crier toute la nuit que le lit de plume l'échaufoit, & qu'un des plis du drap luy avoit enfoncé une côte.

Elle fe plaignoit même, quoyqu'il ne fut plus le temps des puces, qu'un de ces infectes luy faifoit fouffrir martyre par fes piquures.

Scaramouche s'ennuyant de l'entendre battit le fufil, & ayant allumé une chandelle prit un moufqueton, avec quoy il fit femblant de vouloir tuer la puce dont Marinette fe plaignoit.

Cette refolution extravagante ayant fait peur à Marinette, elle luy donna le refte de la nuit un peu plus de repos.

Un autre foir Scaramouche voyant que fa femme aprés s'eftre frottée les mains d'une certaine pommade, s'eftoit allée coucher avec fes gands, s'alla mettre auprés d'elle tout botté & éperonné; Marinette fe fentant égratigner les jambes, fit un grand cry, comme fi elle eût efté bleffée à mort. Scaramouche connoiffant fon humeur, n'en fit que rire, & luy dit que c'eſtoit pour donner la chaſſe aux puces qu'il couchoit avec des éperons, & que d'ailleurs il pouvoit bien porter ſes bottes dans le lit puiſqu'elle y portoit des gands.

Aprés une bonne heure de conteſtation Marinette ôta ſes gands pour obliger Scaramouche de quitter ſes bottes, & l'un & l'autre firent la paix qu'ils cimenterent de quelques baiſers, qui leur parurent d'autant plus doux que le beau temps eſt agreable aprés l'orage, ou la ſanté aprés la maladie.

CHAPITRE XVIII.

Comment Marinette monta la premiere fois ſur le Theatre.

LA Troupe des Comediens eſtant arrivée à Rome Scaramouche luy propoſa de faire joüer quelques Scenes à ſa Marinette. La pluſpart des jeunes Comediens plûtoſt pour avoir les bonnes graces de la femme, que dans le deſſein de plaire au mary, n'eurent garde de s'y oppoſer.

Le jour que Marinette devoit joüer un rolle de Soubrette, aprés avoir mis un habit convenable à ce caractere & ſous lequel elle paroiſſoit toute charmante, elle dit à ſon mary de luy mettre ſon buſc, à quoy Scaramouche obéit.

Scaramouche pour commencer à ſe faire un nom dans la premiere ville du monde, ſe ſurpaſſa dans cette piece, & Marinette belle & bien faite, eſtant ſecondée par luy & parlant avec beaucoup de grace, attiroit doublement ſur elle les regards des ſpectateurs.

La piece eſtant finie un grand nombre de Seigneurs vinrent derriere le Theatre pour aplaudir Scaramouche.

L'encens que quelques-uns de ces Meſſieurs donnerent enſuite à la beauté & à la gentilleſſe de Marinette, fut ſi fort, qu'elle ſe laiſſa tomber ſur un Fauteüil à demy pâmée. Pour mieux couvrir ſon jeu, elle commença à s'emporter contre Scaramouche, & en même temps ſe mit à pleurer comme s'il l'eût mal-traitée.

Tous ces Seigneurs blâmerent fort Scaramouche, & voulurent ſçavoir de Marinette le ſujet de ſes pleurs; mais ils ne furent pas peu ſurpris lors qu'elle leur dit que ſon mary luy avoit mis ſon buſc ſi froid qu'elle en avoit eu une colique à mourir. Ils furent aſſez galans pour trouver qu'elle avoit raiſon de ſe plaindre, & ils ne manquerent pas de dire à Scaramouche de faire ſi bien chauffer ſon buſc quand il le mettroit à ſa femme, qu'elle ne fût point obligée de donner cette commiſſion à quelqu'autre qui la ſerviroit peut-eſtre mieux que luy.

CHAPITRE XIX.

Scaramouche s'eſtant trouvé au ſouper du Duc de Carbognan, emporte un grand paſté, qui creve ſur ſa teſte.

SCaramouche & Marinette ſe virent en tres peu de temps les Maitres de la Troupe, qui devint par leur credit la plus opulente qui fût dans l'Italie.

Les Seigneurs Romains ne ſe contentoient pas de les voir ſur le Theatre. Les uns alloient chez Marinette pour l'entretenir & pour l'entendre chanter, pendant que les autres faiſoient venir ſon mary chez eux pour voir de plus prés ſes grimaces & ſes poſtures.

Scaramouche ne ſortoit jamais des Tables des Princes qu'il ne remportaſt chez luy de quoy faire des Matelottes ou des Capilotades. Un jour s'eſtant ſaiſi d'un grand Paſté ovale chez le Duc de Carbognan & ne voulant le confier à perſonne, tant il craignoit qu'un ſi bon morceau ne lui échapaſt, il le porta entre ſes bras juſques à la porte de ſa maiſon, où l'ayant mis ſur ſa teſte pour chercher la clef dans ſa poche, la croute de deſſous s'entrouvrit, ſi bien que le Paſté luy deſcendit ſur les épaules en guiſe de fraize à l'Eſpagnole.

La Servante ayant entendu ſa voix, accourut promptement luy ouvrir la porte, & le voyant dans cet état, crut d'abord qu'il s'eſtoit déguiſé exprés, & que le Paſté n'etoit que de carton : mais Scaramouche qui tiroit un pied de langue pour eſſuyer la ſauce qui découloit le long de ſon viſage, fit aſſez connoitre que ce n'eſtoit pas une feinte, & que le Paſté eſtoit veritablement de chair & d'os.

Lors qu'il fut monté dans la chambre on luy coupa le Paſté ſur le col, à peu prés de la même maniere qu'on limeroit le colier d'un Galerien qu'on voudroit mettre en liberté.

La graiſſe qui s'eſtoit épaiſſie ſur ſes yeux l'empêcha de voir en entrant ſept ou huit Seigneurs qui eſtoient pour lors avec ſa femme, & qui avoient fait apporter une collation magnifique. Bien que Scaramouche vinſt aſſez mal à propos les troubler, ils furent ravis d'avoir vû une avanture ſi plaiſante; & l'un d'eux prenant une ſerviette débarbouilla luy-même Scaramouche & luy donna un verre de vin pour remettre ſes eſprits.

Scaramouche aprés avoir avalé ce Julep confortatif s'aſſit à Table avec eux, & ſe fit ſervir une des moitiez de ſon Paſté qu'il aimoit beaucoup mieux que toutes les Confitures ſeiches & liquides dont la table eſtoit garnie. Il ſe conſola aiſement de ſon infortune lors qu'il vit qu'on le laiſſoit manger tout ſeul ſon Paſté, & que perſonne n'y oſoit toucher; ce qui ne feroit peut eftre pas arrivé, s'il l'eût apporté fain & entier. Il fe fçeut même bon gré d'avoir fuivi, fans y penfer, l'exemple de ce fameux Goulu qui fe mouchoit dans les meilleurs Plats, pour avoir le plaifir de les manger tout feul.

CHAPITRE XX.

Marinette accouche d'un garçon, & Scaramouche prie le Cardinal Chigi de le tenir fur les Fonds, & oblige fon Eminence de luy faire un prefent.

SCaramouche ayant parcouru pendant l'Eté, les principales Villes de la Lombardie, revint l'Hyver fuivant jouer la Comedie à Rome.

Sa femme eftoit prefque à terme d'accoucher de fon premier enfant lors qu'il y arriva : il ne l'abandonnoit pas d'un moment,

& il tâchoit en la divertiffant, d'adoucir le mal qu'elle fouffroit.

Comme elle fut dans le fort des douleurs, elle ne ceffoit de crier que Scaramouche eftoit un fourbe & qu'il l'avoit trompée. Eft ce-la, difoit-elle, comme tu m'avois promis, de ne me point engroffer, traître, impofteur ? Tais-toy, tais-toy, ma mignone, répondoit Scaramouche, pardonne moy pour cette fois-cy, & je t'affure que dorenavant j'accoucheray pour toy.

Eft-ce donc comme cela que tu pretens m'en donner à garder, ajoutoit Marinette : comme fi je ne fçavois pas que c'eft une chofe impoffible. Point du tout, ma mie, reprit Scaramouche, il y a un Auteur tres digne de foy, qui dit que les Lievres font pendant une année mâles & pendant l'autre année femelles ; pourquoy ne veux-tu pas que la même chofe puiffe arriver aux hommes ?

Marinette s'eftant enfin délivrée heureufement d'un Petit Scaramouchin, fon mary alla auffi tôt fupplier le Cardinal Chigi, d'avoir la bonté de le tenir fur les Fonds.

Le Cardinal qui aimoit Scaramouche, luy

accorda volontiers cette faveur, & même ſe trouva en perſonne dans l'Egliſe où le petit Scaramouche fut batiſé ſolemnellement.

La ceremonie achevée, ſon Eminence ſe retira ſans faire aucun preſent ny au pere, ny à la mere, ny même à ſon Filleul, contre la coutume qui s'obſerve regulierement en Italie.

Quinze jours aprés les Comediens eſtant allez jouer chez la Reine de Suede, Scaramouche s'écria en preſence du Cardinal qui s'y trouva (*Miracolo, miracolo, Eminentiſſimo Signore !*) votre Filleul vient de parler.

La Reine de Suede impatiente de ſçavoir à quoy Scaramouche en vouloit venir, luy demanda ce que ſon fils pouvoit avoir dit. Madame, répondit Scaramouche, l'enfant s'eſt plaint de ce que ſon Eminence ne luy a rien donné aprés le Baptême.

Le Cardinal aprés un ſouris, tira auſſi-tôt le Diamant qu'il avoit au doigt & le donna à Scaramouche, en luy diſant, Tiens, voila de quoy le faire taire.

Scaramouche le remercia humblement & luy dit qu'il ne manqueroit pas de luy envoyer ſon Filleul, afin qu'il l'en remerciaſt luy même, & que d'ailleurs il ne ſçavoit ſi l'enfant n'auroit point encore quelque choſe à luy dire.

Toute l'aſſemblée éclata de rire, du plaiſant moyen dont Scaramouche s'eſtoit ſervi pour engager le Cardinal à luy faire un preſent.

Le carnaval fini, Scaramouche quitta Rome pour aller paſſer le Carême à Florence, où il acheta une fort belle Terre hors la porte du *Poggio Imperiale*, & fit mettre ſur la maiſon cette inſcription :

Fiori Fiorilli,
E gli fu flora il fato.

faiſant alluſion à ſon nom de Fiorilli; & voulant apprendre aux paſſans par ces paroles, que le deſtin avoit fait fleurir une heureuſe abondance dans ſa famille.

CHAPITRE XXI.

Scaramouche va à Milan.

SCaramouche aprés avoir demeuré à Florence le temps neceſſaire pour mettre ſur le bon pied la terre qu'il avoit acquiſe, paſſa dans le Duché de Milan où ſa reputation eſtoit déja tellement répanduë, que le Gouverneur luy fit preſent d'une Chaîne d'or, dés qu'il y fut arrivé.

Scaramouche ne démentit point ſur le Theatre la bonne opinion qu'on avoit concuë de luy, & les Scenes qu'il jouoit dans le particulier, ne marquoient gueres moins la diſpoſition naturelle qu'il avoit à eſtre Comedien en toutes ſes actions.

Il alla un jour chez le Marquis de Caracene avec la Chaîne d'or, au bout de laquelle il avoit attaché une Image en papier où eſtoit le portrait de ce Gouverneur, qui en parut d'abord irrité; mais Scaramouche luy ayant dit qu'il n'avoit eu d'autre deſſein en cela que de faire connoitre à tout le monde celuy dont il tenoit la Chaîne, le Marquis luy donna une belle Médaille d'or où eſtoit ſon Buſte.

Pendant qu'il ſe faiſoit admirer à Milan, il fut demandé avec ſa Troupe, pour aller à Vienne, jouer à la Cour de l'Empereur. D'un autre côté le Cardinal Mazarin pria le Prince Alexandre Farneze de le faire paſſer en France.

Scaramouche qui avoit apris par la renommée, quelle eſtoit la Grandeur & la Generoſité de Louis XIV. ne balança pas un moment à refuſer les offres de l'Empereur; & avec l'agrément du Prince de Parme, il reſolut de paſſer en France, où il ſe rendit vers l'année mil ſix cent ſoixante.

CHAPITRE XXII.

Ce qui ſe paſſa de remarquable dans le voyage de Scaramouche.

SCaramouche eſtant en chemin pour la France, n'eut pas peu d'embarras depuis la Novaleze juſqu'à la Grand-Croix.

Marinette ne voulut point monter les Mulets qui font d'ordinaire ce trajet, alleguant pour ſes raiſons, qu'elle ne pourroit jamais aſſez écarter les jambes pour chevaucher ſur de ſi groſſes montures. Il ne reſtoit que d'aller dans une Chaize portée par deux hommes dont elle ne s'accommoda qu'à condition que Scaramouche la ſuivroit. Comme ces Porteurs tiennent une route où les Mulets ne peuvent paſſer, Scaramouche la ſuivit à pied comme un Barbet.

A une lieuë & demie de l'endroit d'où ils eſtoient partis, un des Porteurs s'eſtant laiſſé tomber ſe démit une jambe, & ne pouvant paſſer outre, Scaramouche fut contraint de prendre ſa place & de porter Marinette juſqu'à la Grand-Croix, où il trouva d'autres Porteurs.

Quand ils eurent traverſé la Plaine, comme il y avoit encore aſſez de Neige pour ſe faire ramaſſer, Scaramouche fit mettre Marinette ſur un Traineau, par maniere de paſſe-temps, & dés qu'elle y fut, le Conducteur qui avoit le mot, partit comme un trait. Il falloit entendre Marinette qui ne fit qu'un cry depuis que le Traineau commença à gliſſer juſques à Lunebourg, où il s'arreſta.

Scaramouche qui y eſtoit arrivé le premier eut toutes les peines du monde à appaiſer Marinette qui penſa le déviſager. Aprés l'avoir laiſſée exhaler ſa colere en paroles injurieuſes, il la mit en croupe derriere luy & arriva ſur le ſoir dans une Hoſtelerie de village où il n'y avoit qu'un lit déja occupé par deux Marchands qui alloïent à Turin.

CHAPITRE XXIII.

Invention de Scaramouche, pour avoir le lit des Marchands.

MArinette fatiguée du Cheval, aprenant pour comble de diſgrace, qu'il luy faudroit coucher ſur la paille, ſe mit à maudire le moment qu'elle avoit quitté l'Italie.

Scaramouche pour l'appaiſer dit qu'il luy venoit dans l'eſprit un moyen d'avoir le lit des Marchands, pourvu qu'elle voulût l'aider à joüer ſon perſonnage.

Marinette ayant repondu qu'il n'y avoit rien qu'elle ne fiſt pour avoir un lit, Scaramouche pria l'Hoſte de vouloir bien faire du feu dans la chambre où eſtoient couchez les Marchands puiſqu'il n'en avoit point d'autre, & que luy & ſa femme y paſſeroient la nuit ſur des Chaiſes.

Scaramouche eſtant auprés du feu avec Marinette tira de ſa poche une corde qu'il avoit détachée de ſa valiſe & demanda du Savon à ſa femme en luy diſant : Tu ſçais que demain je dois pendre un voleur de grand chemin, je veux que la corde ſoit bien frottée; car quoyque je ſois Bourreau, il faut que je faſſe mon métier avec conſcience : mon frere eſt un homme intereſſé, & pour épargner deux ſols il n'uſe point de ſavon & fait languir les pauvres patiens.

Pour moy j'ay de l'honneur, & j'exerce ma Charge avec humanité : mon Pere m'a montré ce qu'il y a de plus ſubtil dans nos fonctions, & grace au ciel, j'en ay ſceu profiter, pouvant me flatter ſans vanité d'eſtre le plus habile Bourreau qui ſoit à cent lieuës à la ronde.

Tu as vu comme j'expediay l'autre jour ces malheureux qui avoient aſſaſſiné un Courier : Hé bien ma femme, peut-on s'en acquiter plus adroittement que je le fis? Quoyque la Juſtice eût ordonné qu'ils expireroient ſur la rouë, leurs parens m'ayant donné quatre piſtolles, je ne laiſſay pas de leur donner le coup de grace.

Les Marchands qui ne dormoient pas, crurent à ce diſcours, que c'eſtoit effectivement le Bourreau & ſa femme, & se gliſſant tout doucement dans la ruelle du lit, ils ſortirent de la chambre pour s'aller plaindre à l'Hoſte d'avoir mis le Bourreau avec eux.

Dés que Scaramouche les vit dehors, il ferma la porte par derriere, & aprés avoir retourné les Draps, ſe mit au lit avec ſa femme.

Le lendemain il découvrit la ruſe à ſon Hoſte qui en rit de tout ſon cœur. Il pourſuivit ſon voyage & arriva à Chamberi, ville capitalle de la Savoye, où l'on commence à ne point entendre l'Italien.

Scaramouche voulant retirer ſa Valiſe qui eſtoit reſtée au Bureau de la douane, la demanda en ces termes au Commis : *Monſieur le Maitre Bourreau, rendez moy mes hardes :* (il vouloit dire Maître du Bureau.) Le Commis ſe ſentant offenſé d'un pareil diſcours, donna un grand coup de poing à Scaramouche, qui de ſon coſté ne demeura pas les bras croiſez ; on les ſépara promptement, & ceux qui s'entremirent de faire la paix, rirent tout leur ſaoul, du plaiſant ſujet que le Commis avoit eu de ſe choquer.

Scaramouche eſtant arrivé à Lyon, alla loger aux trois Rois, & comme ſelon l'Eſpagnol (*No ay ni Puta ny Ladron ſin ninguna devotion,*) quoyque ce fût un Mercredy, Scaramouche qui faiſoit maigre auſſi bien que Marinette, au lieu de Poiſſon, demanda du *Poiſon* pour ſon ſouper. La Servante du logis croyant qu'il radottoit, vint dire à ſa Maitreſſe que ces Etrangers eſtoient fous.

L'Hoſteſſe monta elle même dans leur chambre pour ſçavoir ce qu'ils vouloient. Scaramouche croyant ſe mieux expliquer, luy dit : Madame, faites-nous la grace de nous donner un *Broche :* il vouloit dire un Brochet, mais l'Hofteffe qui crut que leur devotion alloit jufqu'à ne manger qu'une Brioche pour colation, leur en fit fervir une.

Scaramouche & Marinette qui n'avoient pas trop bien dîné, attendoient toûjours qu'il vînt quelqu'autre chofe aprés la Brioche, mais voyant qu'on ne fe mettoit pas en devoir de leur rien fervir davantage, Scaramouche defcendit dans la Cuifine où il auroit tempêté en vain toute la nuit, fi des Marchands qui entendoient l'Italien, ne fuffent venus à fon fecours.

Les Marchands ayant compris que Scaramouche vouloit du Poiffon, luy dirent qu'il faudroit trop de temps pour l'aprêter & qu'ils n'avoient qu'à fe mettre à Table avec eux : Scaramouche & Marinette rompirent volontiers leur jeûne, pour manger gras avec les Marchands, qu'ils trouverent fi honneftes, qu'ils refolurent de prendre des places dans la Diligence, pour venir à Paris de compagnie.

CHAPITRE XXIV.

Scaramouche ſe preſente devant le Roi, avec ſon Chien & ſon Perroquet.

SCaramouche eſtant arrivé à Paris, balança quelques temps de quelle maniere il ſe preſenteroit au Roy pour la premiere fois. Enfin il ſe détermina d'y aller avec ſon habit de Scaramouche, ſur lequel il mit un manteau.

Dés qu'il fut en preſence de Sa Majesté, il jetta ſon manteau par terre & parut avec ſa Guittare, ſon Chien et ſon Perroquet. Il fit un concert fort plaiſant avec ces deux Bêtes qu'il avoit dreſſées à tenir leur partie, dont l'une eſtoit ſur le manche de ſa Guittare, & l'autre ſur un Placet, quand il chanta ces paroles :

Fa la ut a mi modo nel cantar
Re mi ſi on non aver lingua a quel la
Che ſol fa profeſſion di farme ſtar
Mi re reſto in queſto
La berinto ch'ogni mal diſcerno
Che la mi ſol fa ſtar in queſto inferno

La mi fa ſoſpirare la notte é il di
Re mi rar la non vol el Mi-o dolor
La fa far ogni canto ſol per mi
Mi mi ſol moro riſtoro
Non ſon mai per aver in ſin ch'io ſpiro
Che la ſol fa la-mor, io Mi-ro mi-ro

Ces trois animaux firent ſi bien leur devoir, que le Roy prit en affection celuy du milieu, qui eſtoit Scaramouche ; de ſorte que depuis ce temps là il a eu l'honneur de divertir ce grand Prince pendant plus de trente années, paroiſſant toûjours nouveau dans ſes manieres, quoy qu'il ne changeaſt point de perſonnage.

Il eut le plaiſir de ſe voir bien-tôt gravé & même mis en marbre. On paroit les cheminées & les cabinets de ſon Buſte & de ſa figure : en un mot la Cour & la Ville ne pouvoit ſe laſſer de le voir.

CHAPITRE XXV.

Môt plaiſant de Scaramouche.

LE Roy ayant un jour aperçû Scaramouche à ſon dîner, voulut bien prendre la peine de lui verſer à boire de ſa propre main d'un vin étranger pour voir s'il eſtoit bon gourmet. Scaramouche eut bientôt avallé le verre de vin, & comme le Roy luy eût demandé de quel païs il le croyoit, Scaramouche repondit que le plaiſir qu'il avoit eu en le buvant, l'avoit empêché d'y reflechir.

Le Roy luy en redonna encore une ſeconde fois, en luy diſant : Il faut que tu y penſes à preſent, car tu n'en auras pas davantage. Scaramouche devina au ſecond coup, que c'eſtoit du vin de Piemont.

Le Cardinal Mazarin l'ayant tiré à part luy dit : Scaramouche, tu peux te vanter que le plus grand Monarque du monde t'a verſé à boire. Ceux qui eſtoient auprés du Cardinal s'eſtant pris à rire de la réponſe que Scaramouche luy fit, le Roy voulut ſçavoir ce que c'eſtoit, mais perſonne ne l'ayant oſé dire, Scaramouche prit la parole & dit à Sa Majeſté que ſon Eminence luy ayant dit qu'il ſe pouvoit vanter que le plus grand Monarque du monde luy avoit verſé à boire, il avoit repondu qu'il ne manqueroit pas de le dire à ſon Boulanger.

Le Roy comprenant par ce diſcours, que l'honneur qu'il avoit fait à Scaramouche ne luy donnoit pas du pain, repartit auſſitôt avec une generoſité ſans pareille : Tu luy diras auſſi que j'augmente ta penſion de cent piſtolles. Scaramouche remercia Sa Majeſté & ſe retira fort contant.

CHAPITRE XXVI.

Autre plaiſanterie de Scaramouche.

POur jouer une Comedie Italienne, il faut que la Troupe ſoit compoſée de deux Amoureux.

De trois femmes ; ſçavoir, deux pour le ſerieux & l'autre pour le Comique.

D'un Scaramouche, Napolitain.

D'un Pantalon, Venitien.

D'un Docteur, Bolonois.

D'un Mezettin & d'un Arlequin, tous deux Lombars.

C'eſt pourquoy Sa Majeſté donne à cette Troupe quinze mille livres de penſion annuelle, afin que chaque Acteur ait au moins cinq cens écus d'aſſuré.

La Troupe eſtoit complette lors que le Pantalon tira un coup de Piſtolet ſur le vieux Octave, avec qui il avoit eu quelque démêlé.

Bien qu'il euſt manqué ſon ennemi, il ne laiſſa pas de prendre la fuite & de s'en retourner en Italie, où il ſe fit Prêtre.

La Troupe eſtant demeurée ſans Pantalon, le Roy chargea Scaramouche d'en faire venir un autre, & luy fit donner cinquante piſtolles pour ſon voyage. Scaramouche prit l'argent à la verité, mais il ne ſe mit guere en peine d'executer les Ordres de Sa Majeſté.

Cinq ou ſix mois aprés, le Roy voyant

que le Pantalon ne venoit point, dit un jour à Table : J'ay donné cinquante piſtoles à Scaramouche, pour faire venir un Pantalon d'Italie, mais j'ay bien peur que Scaramouche n'ait mangé l'argent, & que le Pantalon ne vienne pas.

Scaramouche fendit auſſi tôt la preſſe, & feignant d'avoir quelque choſe de ſecret à dire au Roy, & de luy vouloir parler à l'oreille, il luy dit tout haut : Il eſt vray Sire, que Scaramouche a mangé les cinquante piſtolles, mais je ſupplie votre Majeſté de n'en rien dire au Roy.

Le Roy ſe prit à rire, & commanda qu'on donnaſt de nouveau cent piſtoles à Scaramouche ; ſçavoir, cinquante pour luy, & les autres cinquante pour le Pantalon, afin qu'il n'eût plus d'excuſe à apporter.

La Reine qui avoit pris plaiſir à cette naïveté de Scaramouche, luy demanda ſi ſa femme eſtoit groſſe & quand elle accoucheroit. Ce ſera, répondit Scaramouche, quand il plaîra à Votre Majeſté ; ma femme ſe fera toûjours un devoir d'obéïr fidellement à tous ſes Ordres.

CHAPITRE XXVII.

Invention de Scaramouche pour porter la Reine Mere à luy donner un habit d'hiver.

SCaramouche eſtant venu à la Cour par un grand froid avec un Pourpoint & des Hauts de Chauſſes de Taffetas, appréta bien à rire aux Courtiſans, qui diſoient en raillant qu'il avoit apparamment pris Janvier pour Juillet, mais Scaramouche qui avoit ſon but, ſouffroit patiemment leur raillerie, & feignant même d'avoir plus froid qu'il n'avoit effectivement, claquetoit des dents, en verſant des larmes.

La Reine mere qui eſtoit fort ſenſible à ceux qu'elle voyoit pleurer, voulut ſçavoir quel ſujet il avoit de ſe plaindre ainſi. Scaramouche repondit: Trois diſgraces, Madame, me ſont arrivées ce matin.

Mon fidele Barbet, que j'aimois autant que ma femme, eſt mort. Mon Laquais m'a volé tous mes habits, & ne m'a laiſſé que celuy que j'ay ſur le corps, & enfin pour comble de malheur, comme je courois desesperé dans ma chambre, mon Perroquet s'eſt mis à crier au Voleur, je luy ay donné un ſouflet pour le punir de l'avoir fait ſi tard, mais voulant ſeulement le chatier, je l'ay tué ; en expirant il m'a appellé cent fois Traitre, & ſe voyant prés du tombeau, il a chanté ſi melodieuſement *Vt*, *Re*, *Mi*, *Fa*, *Sol*, *La*, que j'en ſuis inconſolable.

Voilà, Madame, trois coups mortels pour le pauvre Scaramouche, & il faut que je ſois aſſez malheureux pour eſtre marié, car ſans cela, dans le chagrin où je ſuis, je m'irois confiner dans une Hermitage pour le reſte de mes jours ; je joue déja aſſez bien le rolle de l'Hermite, & d'ailleurs ce ſeroit un vray moyen de me délivrer de l'importunité de mes creanciers, qui ne ceſſent de me perſecuter.

La Reine mere attendrie par ſes plaintes, lui fit donner ſoixante Louis pour avoir un Chien & un Perroquet, & de plus luy permit de lever un habit chez le Marchand de la Cour, qui eſtoit alors en deuil pour la mort d'un Prince étranger.

Scaramouche qui pleuroit auparavant de

froid commença à pleurer de joye ; & aprés avoir remercié la Reine, il luy dit que sa liberalité l'avoit mis en état de r'avoir des habits, & que sa servante qui avoit le caquet bien affilé, luy tiendroit lieu de Perroquet, mais qu'il desesperoit de pouvoir jamais retrouver un Chien semblable au deffunt.

Lors que Scaramouche fut habillé, il ne manqua pas d'aller faire la reverence à la Reine mere, qui le voyant vestu de noir avec un long manteau de drap d'Espagne, doublé d'une écarlatte, ne sçavoit que s'imaginer de cette bigarure extraordinaire; elle luy demanda pourquoy il s'estoit fait habiller de la sorte, il répondit que c'estoit pour se conformer à la Cour qui portoit alors le deuil; mais repliqua la Reine, il ne falloit donc pas faire doubler votre habit de rouge; c'est, Madame, ajouta-t-il que j'ay voulu faire d'une pierre deux coups, & porter le deuil de mon Perroquet en même temps que celuy du prince N***

L'imagination de Scaramouche fut trouvée si grotesque & si boufonne, qu'elle servit de divertissement à la Cour, pendant plus de quinze jours.

CHAPITRE XXVIII.

Quel estoit le naturel de Scaramouche.

QUant à la disposition du corps, Scaramouche, comme je l'ay déja dit, avoit la vuë basse, il estoit sourd de l'oreille gauche, & avoit une épaule entierement desseichée. Sa taille estoit haute & fort droite, ce qu'il a conservé jusqu'à une extreme viellesse où il ne fut que tres peu vouté. Une chose à remarquer est que bien qu'il fust si gros mangeur, il ne laissoit pas d'estre un des plus agiles Comediens qu'on ait jamais vû. Il aimoit beaucoup les femmes, dont il n'a pas eu toutefois trop sujet d'estre content; car si l'humeur délicate de la premiere luy donna quelques petits quarts d'heure de mauvais temps, les galanteries ouvertes de la seconde, le chagrinerent au dernier point.

Pour ce qui regarde ses inclinations, il avoit l'esprit extremement méfiant, avare & emporté, l'imagination vive; il ne parloit guere, ayant de la peine à s'énoncer quand il falloit tirer de ſon fond ce qu'il avoit à dire ; mais en recompenſe, la nature l'avoit doué d'un talent merveilleux, qui eſtoit de figurer par les poſtures de ſon corps, & par les grimaces de ſon viſage, tout ce qu'il vouloit, & cela d'une maniere ſi originale, que le celebre Moliere aprés l'avoir étudié long temps, avoua ingenument qu'il luy devoit toute la beauté de ſon action.

CHAPITRE XXIX.

Scaramouche s'en retourne en Italie.

ON dit ordinairement que ceux qui ſont bien ne ſçauroient s'y tenir. Ainſi Scaramouche pouſſé par l'inconſtance qui eſt ſi naturelle à l'homme, ou par la maladie du pays, fit deſſein de s'en retourner en Italie où ſa femme eſtoit depuis quelques années.

Il demanda congé à la Cour, qu'elle luy accorda, à condition qu'il reviendroit. Ce que Scaramouche promit, quoyque dans le cœur il eût réſolu de demeurer tout à fait en Italie.

Avant que de partir, il alla dire adieu aux principaux Seigneurs de la Cour, à chacun deſquels il demanda une paire de Bottes pour ſon voyage ; il en receut un ſi grand nombre, qu'il en revendit aſſez pour botter un Regiment de Cavalerie.

L'argent qu'il tira de ſes Bottes, fut plus que ſuffiſant pour le conduire juſqu'à Florence, où il fit de nouvelles acquiſitions, avec ce qu'il avoit emporté de France. Il eut d'abord une grande joye de revoir ſa femme, aprés une ſi longue ſeparation ; mais il n'eut pas demeuré quinze jours auprés d'elle, qu'il en euſt voulu eſtre bien loin.

Son humeur fantaſque ne l'avoit point abandonnée, & comme Scaramouche n'eſtoit plus ſi patient qu'autrefois, il ne ſe paſſoit point de jour qu'il n'en vinſt aux groſſes paroles avec elle.

D'ailleurs aprés avoir gouté les mœurs

aiſées & polies des François, il ne pouvoit gouter celle des Italiens, qu'il trouvoit plus farouches. S'il vouloit demeurer à la Campagne, ſes domeſtiques le faiſoient enrager, & les Payſans le ſçachant extremement avare, ſe faiſoient un plaiſir de luy dérober tout ce qui tomboit ſous leurs mains.

Cela fut cauſe que Scaramouche rechercha avec empreſſement l'occaſion de revenir en France, où il ſe fit admirer & ſe vit eſtimé & cheri encore plus qu'auparavant.

CHAPITRE XXX.

Amourette de Scaramouche avec la fille d'un Boulanger de Paris.

SOit que Scaramouche eût rapporté d'Italie, comme par contagion, l'humeur fantaſque aſſez naturelle aux gens de cette nation, ou bien qu'avançant en âge, il eût pris les habitudes de la vieilleſſe, il donnoit tous les jours quelque ſujet de chagrin à ſes confreres, avec leſquels il ſe brouilloit ſans ceſſe, & la plus part du temps ſans ſujet.

L'amourette que Scaramouche ſe mit alors en tête, vint heureuſement leur procurer du repos; car eſtant occupé par ſa nouvelle inclination, il ne ſongeoit qu'à gagner le cœur de la belle.

C'eſtoit la fille d'un Boulanger, qui pour une grizette eſtoit aſſez jolie, & qui n'avoit tout au plus que quinze à ſeize ans. Bien qu'elle fuſt ſi jeune, elle eut pourtant l'adreſſe d'amuſer long temps le pauvre Scaramouche, qui enfin, aprés beaucoup d'inſtances, obtint d'elle qu'il viendroit la voir un jour que ſon pere iroit à la campagne.

Quoyque la fille eût donné ſa parole, comme ſon cœur eſtoit fort éloigné d'avoir le moindre penchant pour Scaramouche, elle avertit ſon pere du projet de ſon vieux amant, & du rendez-vous qu'elle luy avoit donné.

Le pere qui connoiſſoit Scaramouche & qui eſtoit bien aiſe de ſe divertir à ſes dépens, convint avec ſa fille qu'elle le recevroit, & que de ſon coſté faiſant ſemblant de n'avoir pu aller à la campagne, il viendroit fraper ſubitement à la porte afin qu'elle obligeaſt Scaramouche de ſe cacher dans une Huche qu'elle fermeroit à la clef, lors qu'il s'y ſeroit enfermé.

Scaramouche ignorant le tour qu'on luy devoit jouer, ſe rendit à l'heure marquée chez ſa Maîtreſſe, avéc toute l'eſpérance qu'un vieillard amoureux eſt capable de concevoir.

Mais à peine avoit il commencé à luy témoigner par ſon compliment combien il s'eſtimoit heureux de la voir tête à tête, que le Pere frapa bruſquement à la porte.

La fille contre-faiſant l'étonnée, Ah ! dit-elle, je ſuis perduë ; mon pere vous va tuer s'il vous trouve icy.

Scaramouche qui trembloit tout de bon, luy demanda s'il n'y avoit point d'endroit où il pût ſe cacher. La fille luy montra auſſitôt la Huche, où Scaramouche ſe blotit parmy un reſte de farine. Elle fut enſuite ouvrir à ſon pere, qui frapoit de plus en plus à la porte.

Le pere eſtant entré ne manqua pas de gronder ſa fille, & luy dit qu'il vouloit ſouper, & que s'il n'eſtoit point allé en campagne, c'eſtoit à cauſe du mauvais temps.

La fille obeït, & prepara le ſoupé à ſon pere, qui coucha encore dans la même chambre où eſtoit la Huche, dans laquelle Scaramouche paſſa toute la nuit fort mal à ſon aiſe, car il n'oſoit ſoupirer ny ſe plaindre, de peur de ſe faire découvrir.

Le lendemain comme il eſperoit que ſa Maîtreſſe le viendroit délivrer, & qu'elle luy feroit oublier toutes ſes peines par les faveurs qu'il en obtiendroit infailliblement,

Un compere du Boulanger qui avoit le mot, luy vint propoſer d'acheter la Huche : à quoy le Boulanger taupa volontiers. L'acheteur ayant conclu le marché, la fit deſcendre dans la ruë par des gens auſſi apoſtez. Je laiſſe à penſer la frayeur de Scaramouche, qui ne ſçavoit où l'on alloit le tranſporter.

Quand la Huche fut dans la ruë, on l'ouvrit, & Scaramouche reprenant toute ſon ancienne vigueur, en ſortit ſi bruſquement, que les aſſiſtans qui s'attendoient à le bien berner, furent eux-mêmes ſurpris.

Scaramouche tout blanc de farine, couroit comme s'il eût eu le feu au derriere, & fit aſſembler tous les enfans par où il paſſoit, qui le pourſuivirent juſques chez luy en criant *Il a chié au lit, il a chié au lit.*

CHAPITRE XXXI.

Autre amourette & ſecond mariage de Scaramouche.

NOnobſtant le mauvais ſucces qu'eut Scaramouche dans ſes amours avec la fille du Boulanger, il ne laiſſa pas d'engager ſon cœur de nouveau à une autre Griſette, encore plus belle que la premiere & qui ne fut pas ſi difficile.

L'état indigent où elle ſe voyoit reduite, luy fit écouter le vieillard avec de ſinceres intentions ; & par l'intrigue d'unc ccrtaine Revendeuſe, elle ſe donna tout entiere à Scaramouche qui la retira dans ſa maiſon.

Elle y a vècu pendant quelques années

en aſſez bonne intelligence avec luy; mais à la fin, ſuivant le penchant qui eſt inſeparable du ſexe, elle le quitta pour un jeune homme, qui la mena en Angleterre, d'où elle revint un an aprés.

Scaramouche qui l'avoit tendrement aimée, la reprit, & quoy qu'elle eût encore ſur elle des marques irreprochables de ſon infidelité, il l'aima tout de même qu'auparavant; juſques là, qu'ayant apris en ce même temps que ſa femme Marinette eſtoit morte en Italie, il l'épouſa.

Scaramouche ne pouvoit luy donner de plus grands témoignages de ſon amour : cependant cette nouvelle épouſe, méconnoiſſante de tant de bontez, & ſe voyant deſormais unie à luy par un lien indiſſoluble, luy donnoit chaque jour de veritables ſujets de ſe plaindre & de ſe repentir de luy avoir fait ſa fortune.

Scaramouche qui n'ignoroit pas qu'une jeune femme eſt difficilement ſage avec un mari Octogenaire, feignoit d'eſtre encore plus aveugle qu'il ne l'eſtoit effectivement, & paſſoit, comme on dit, bien des choſes au gros ſas.

Mais voyant enfin qu'elle levoit le maſque & qu'elle ne gardoit aucun menagement, il la fit enfermer dans le Châtelet, & de là dans un Couvent où elle mourut bien-tôt de chagrin & de deſeſpoir.

CHAPITRE XXXII.

Avarice de Scaramouche.

SCaramouche eſtoit, comme je l'ay déja dit, naturellement avare, & la vieilleſſe avoit encore augmenté en luy cette paſſion ; ſi bien que de peur que la ſervante ne ferraſt la Mule, il alloit lui-même achepter juſqu'à un double d'herbes, auſſi bien que toutes les autres proviſions neceſſaires au ménage, & quoy qu'il fût connu des grands & des petits, il ne s'en cachoit nullement, & revenoit du marché, tenant ſon mouchoir à la main, ſelon la coûtume des hommes en Italie.

Comme il vouloit toujours avoir bon marché, on ne luy montroit que ce qu'il y avoit de plus méchant, ſoit en viande, ſoit en poiſſon, & pourvû que ce fût à vil prix, il acheptoit tout, ſans ſe ſoucier ſi la viande eſtoit pourrie, ou ſi la marée eſtoit puante ; car il avoit l'odorat ſi foible, qu'il n'en ſentoit rien.

Il recommandoit ſur tout deux choſes à ſes domeſtiques ; ſçavoir, de ne luy point raporter ce que ſa femme faiſoit, ny ce que la viande ſentoit, ne voulant point que ſon imagination fuſt bleſſée des maux dont la foibleſſe de ſes ſens ne lui permettoit pas de s'apercevoir.

Ainſi Scaramouche avoit le ſecret de bien garnir ſa table à peu de frais, à laquelle il n'admettoit pourtant jamais perſonne, & il avoit un grand ſoin de faire dire qu'il n'y eſtoit pas, à ceux qui venoient luy parler pendant qu'il dînoit, de crainte qu'il ne luy en coûtaſt un verre de vin.

Lors qu'il eſtoit invité chez quelqu'un, il mangeoit fort bien de tout ce qu'on y ſervoit de plus nouveau pour la ſaiſon ; comme des Pois, Aſperges, Champignons ; mais il n'en mangeoit jamais chez luy, que le temps n'en fuſt preſque paſſé, alleguant pour ſes raiſons que cela eſtoit nuiſible à la ſanté, tant il avoit l'inclination tournée à trouver mauvais tout ce qui coûte.

CHAPITRE XXXIII.

Plaiſante mepriſe de Scaramouche, à l'égard de la ſervante.

UN jour la petite fille que Scaramouche élevoit dans ſa maiſon comme ſon propre enfant, pria la ſervante de la laiſſer coucher dans la cuiſine, parce, diſoit elle, que le lit eſtoit meilleur que celuy où elle couchoit ; mais dans le fond ce n'eſtoit que pour avoir occaſion de parler commodément pendant la nuit avec un jeune garçon du voiſinage, dont la fenêtre repondoit juſtement ſur la cuiſine.

La ſervante qui ne ſe doutoit de rien, luy accorda volontiers ce qu'elle deſiroit, & luy ayant cedé ſon lit, elle alla ſe coucher dans celuy de la petite fille, qui eſtoit prés de la chambre de Scaramouche.

Le bon homme qui par un Poulet qui eſtoit tombé entre ſes mains, avoit découvert les amourettes de la petite fille, ſe leva ce jour là de grand matin pour lui donner le foüet dans le lit, où il trouva la ſervante qu'il ſangla à double carrillon, la prenant pour la petite fille; la ſervante eut beau crier qu'il ſe trompoit, Scaramouche qui eſtoit preſque ſourd & aveugle ne la quitta point que ſa colere n'eût eſté pleinement ſatisfaite.

La ſervante voyant que Scaramouche croyoit toujours avoir foüeté la petite fille, n'oſa pas le détromper, de peur d'eſtre encore grondée, aprés avoir eu les étrivieres.

CHAPITRE XXXIV.

Autre effet de l'avarice de Scaramouche.

IL eſt à remarquer que Scaramouche a vécu quatre-vingt ſept ans, ſans avoir jamais eu d'autre maladie que celle qui le mit au tombeau, ſi même l'on peut appeller maladie, une extinction de la chaleur naturelle: car il mourut ſans qu'il eût aucun accez de fievre conſiderable.

Son Medecin luy ayant conſeillé de prendre un Remede rafraichiſſant, il fit venir l'Apoticaire avec qui il marchanda plus d'une heure; & l'Apoticaire luy ayant dit qu'il ne pourroit pas le faire à moins de trente ſols, à cauſe de la cherté des drogues qui y devoient entrer, Scaramouche ſe reſolut, non ſans beaucoup de peine, de le commander ſur ce pied-là.

L'Apoticaire eſtant revenu avec le remede, Scaramouche conteſta encore plus d'un demy quart d'heure avec luy, pour tâcher d'en rabattre quelque choſe; mais l'Apotiquaire luy faiſant entendre que le remede perdoit toute ſa vertu en ſe refroidiſſant, Scaramouche ſe mit enfin dans une poſture propre à le recevoir, & qui faiſoit crever de rire l'Apotiquaire.

A peine en eut-il receu la moitié, que le ſouvenir des trente ſols que le Cliſtere devoit coûter, lui fit dire à l'Apotiquaire de s'arreſter.

L'Apotiquaire croyant que le remede eſtoit trop chaud, s'arrêta auſſi tôt : enſuite Scaramouche ayant mis ſes lunettes, lui fit ouvrir la Seringue, pour voir combien il en reſtoit, & trouvant qu'il n'en avoit pris juſtement que la moitié, tira quinze ſols de ſa poche qu'il donna à l'Apotiquaire, en luy diſant qu'il vendiſt le reſte à quelqu'autre; que pour luy il en avoit aſſez.

CHAPITRE XXXV.

Presens que Scaramouche fit dans sa maladie, à plusieurs personnes.

SCaramouche ayant fait venir sa servante, commença à luy faire un long Sermon sur la fidelité : Tu sçais bien Margot, luy disoit-il, que nous n'avons rien en cette vie de plus cher que le salut de notre ame, ainsi je te conseille de me faire restitution avant que je meure, de ce que tu peus m'avoir pris.

De mon costé je m'en vais satisfaire à ma conscience, en te laissant quelque chose pour te recompenser du temps qu'il y a que tu me sers, & sur tout afin que tu te souviennes de moy.

Margot protesta qu'elle n'avoit rien à luy restituer, & le remercia de la bonne volonté qu'il avoit pour elle ; & croyant qu'il luy donneroit quelque chose de considerable, se mit à deux genoux, en luy demandant sa benediction.

Scaramouche attendri de la voir en cette humble contenance, la regardant d'un œil de pitié : Ecoute Margot, dit-il, je veux ajouter un autre prefent à celuy que j'avois deffein de te faire; car outre une recette pour faire de la tifane, je te donne encore ce Memoire de l'argent qui m'eftoit dû, & que l'on m'a payé.

Mais helas tu es trop fidelle, il faut que je te donne encore quelque chofe; va-t en promptement prendre dans mon coffre une boete rouge & me l'apporte.

La fervante courut en diligence chercher la boete qu'elle trouva au fond du coffre; aprés en avoir ôté toutes les hardes, elle la prefenta à Scaramouche, qui l'ouvrit, & en tira un bandage qu'il luy donna, en difant; Il faut que je t'aime bien, ma chere Margot, pour te regaler de ce beau bandage qui eft tout neuf; mais je n'y ay point de regret, & je prie Dieu qu'il te faffe la grace de le pouvoir ufer; va tu le merites bien, je te le donne de tout mon cœur : prens garde fur tout de ne point te vanter à perfonne de ma liberalité, il fuffit que tu l'ayes éprouvée.

Margot fut fi outrée d'un pareil difcours,

& ſi peu contente des preſens que luy avoit fait Scaramouche, qu'elle ne put s'empêcher de luy dire des injures, que le bon homme n'entendit pas, car il n'eut point manqué de la traiter d'ingrate & de méconnoiſſante.

CHAPITRE XXXVI.

Preſent de Scaramouche, à ſon Laquais.

SCaramouche avoit un Laquais qui le ſervoit depuis long-temps, par le ſeul plaiſir de luy voir faire des poſtures, & de pouvoir entrer à la Comedie, ſans payer.

Scaramouche l'ayant embraſſé tendrement & lui ayant recommandé d'avoir toûjours la crainte de Dieu devant les yeux, luy dit : Mon cher, *Brindavoine*, (car il l'avoit ainſi nommé) je ſçay que tu es un brave garçon, & qu'il y a prés de ſept ans que tu me ſers, ſans intereſt; je veux te recompenſer à preſent avec uſure, afin que tu pries bien Dieu de bon cœur pour mon ame, en cas que je meure bien tôt; mais ſi j'en dois croire un Aſtrologue, qui m'a dit que j'irois juſques à ſix vingt ans, j'ay encore vingt-trois ans à vivre; ainſi tu auras lieu de vieillir à mon ſervice, ſans qu'il t'en coute un double, & tu peus t'aſſurer que je ne te parleray jamais de gages, car je ſçay que cela te déplaît; mais du moins laiſſes moy à preſent la liberté de te donner quelque choſe pour les bons & agreables ſervices que tu m'as rendus.

Brindavoine répondit qu'il eſtoit le Maître, & qu'il n'avoit jamais douté de ſon affection. Scaramouche l'embraſſant de nouveau, luy dit : Voicy déja un petit ſac, que je te donne, dans lequel ſont toutes mes Scenes; tu y trouveras des Chef-d'œuvres. Tout mon regret eſt de ne pouvoir te laiſſer auſſi bien les poſtures, & les grimaces dont je les aſſaiſonnois, ſoit quand je voulois faire rire, où quand je voulois cauſer de l'épouvante.

Mais comme je ne puis te laiſſer un don ſi prétieux, je veux faire ta fortune d'un autre côté, en te donnant mon habit de Scaramouche, qui eſt encore tout neuf, car il y a prés de cinq ans qu'il ne me ſert plus à la Comedie, & il eſt d'un ſi bon drap qu'aprés toutes les culebutes que j'ay faites ſur le Theatre pendant plus de vingt ans, il n'a pas la moindre déchirure.

Tu pourras le louer pendant le Carnaval, & pourvû que tu diſes que c'eſt mon habit, chacun le voudra avoir pour ſe déguiſer en Scaramouche (quoyque l'habit ne faſſe point le Comedien.) Si les Fripiers gagnent tant à louer des habits de Maſque, dequel revenu ne ſera point celuy-cy ; d'ailleurs il te pourra ſervir d'habit de deüil, en cas que je meure.

Voilà mon cher *Brindavoine*, les plus grandes marques d'amitiez d'un Maître à l'égard d'un fidelle domeſtique, & ſi j'oſe dire d'un pere pour ſon enfant ; car ſi j'avois un ſecond fils, je ne luy aurois point laiſſé d'autre heritage.

CHAPITRE XXXVII.

Prefent de Scaramouche à fon Chirurgien.

UN jeune Chirurgien qui avoit autrefois penfé Scaramouche à la tête, d'une playe qu'il s'eftoit faite en tombant du haut en bas de l'efcalier, le vint vifiter quelque jour avant fa mort, & voyant qu'infailliblement il n'avoit pas long-temps à vivre, il luy dit : enfin Seigneur Tiberio, il faut fonger à mourir & à mettre ordre aux affaires de votre confcience.

C'eft ce que j'ay fait auffi, repartit Scaramouche, puis qu'il n'y a que deux jours que j'ay receu le faint Sacrement : je ne crois pourtant point mourir fitôt, & un figne que je vivray encore long-temps, ajouta-t-il, en montrant fes jambes enflées, c'eft que voilà la graiffe qui me revient.

Il eftoit alors dans un Fauteuil, où il fut contraint de refter les derniers jours de fon indifpofition, de peur d'eftre fuffoqué s'il fe fût mis dans le lit.

Aprés avoir parlé de chofes & d'autres, Je me reffouviens, dit Scaramouche, que je ne vous ay rien donné que quelques Billets de Comedie, pour m'avoir guery d'un coup à la tête, il eft bien jufte de reconnoître un fi bon fervice.

Il dit cela d'un ton fi ferieux, que le Chirurgien crut qu'il luy alloit donner quelque fomme d'argent.

Mais Scaramouche tirant de fa poche une vieille paire de Lunettes, avec quelques Paperaffes; Tenez Monfieur, dit-il, voila des Lunettes qui me fervent il y a prés de foixante ans, on les peut à bon droit apeller immortelles, puis qu'elles font tombées plus de mille fois, fans fe pouvoir rompre.

Comme vous pouvez vieillir & en avoir befoin pour faigner, je vous en fais prefent, auffi bien que de mes Chanfons, qui ne font à la verité pas nottées, mais vous qui eftes homme d'efprit, vous ne manquerez pas de trouver les Airs, fur lefquels je les ay faites.

Le Chirurgien bien loin de fe fâcher, ne put s'empêcher de rire à ce difcours, & dit en s'en allant que Scaramouche vouloit jouer la Comedie jufqu'à l'article de la mort.

CHAPITRE XXXVIII.

Present de Scaramouche à son Medecin.

SCaramouche ayant fait venir son Medecin, Mon cher amy je vois bien, luy dit-il, qu'il est temps pour moy d'aller voir ce qui se passe en l'autre Monde, puis qu'il y a si long-temps que je suis dans celuy-cy.

Vous m'avez toujours cru fort œconome, parce que je ne vous ay jamais convié de prendre un repas chez moy depuis vingt ans que nous nous connoissons : Je vous jure que ce n'a point esté par un motif d'avarice, mais seulement à cause que j'avois oüy dire que les Medecins ne pardonnent non plus à leurs amis qu'à leurs ennemis. Je veux pourtant avant que de mourir, vous faire connoître un trait de ma generosité.

J'avois deux excellentes Guittares ; j'en ay donné une à un amy de ma deffunte femme, qui en jouoit si bien devant elle, que souvent il la faisoit pâmer de plaisir.

Et l'autre je l'ay gardée pour vous ; elle

eſt du vieux Vauban, & c'eſt tout dire : outre qu'elle diſſipoit mes chagrins & mes maux de teſte, elle avoit encore le don de charmer la douleur que me cauſoient ſouvent mes hemorroïdes.

Je vous conſeille de vous en ſervir au meſme uſage, & de jouer à vos malades des Menuets, des Courantes, & des Chaconnes, au lieu de leur ordonner des Purgations, des Cliſteres, & des Saignées. Si cela ne les guerit pas, du moins il ne les tuëra point. Adieu, mon cher amy, allez vous en : car je ſeray bien aiſe de partir ſans votre ordre.

CHAPITRE XXXIX.

Mort de Scaramouche.

SCaramouche voyant que ſon appetit diminuoit, commença à croire tout de bon qu'il n'avoit pas long-temps à vivre : cependant il mangeoit encore tous les matins une ſoupe de deux livres de pain, une groſſe poularde, & beuvoit ſa chopine de vin de Bourgogne. Le ſoir il prenoit un boüillon & mangeoit un poulet, trois biſcuits, & beuvoit chopine du meſme vin.

Il garda ce regime de vie pendant l'eſpace de trois mois qu'il fut travaillé d'une eſpece de diſſenterie pour avoir trop mangé de melon.

Le jour qu'il devoit mourir il demanda pour ſon dîner une ſoupe à l'Italienne, à ſçavoir un grand plat de *Vermicelli*, avec du fromage de Parmeſan.

Son Medecin qui l'étoit venu revoir luy ayant dit que cela nuiroit à ſa ſanté, & que s'il vouloit ſe moderer il pourroit vivre encore plus de huit jours,

En eſtes vous bien ſûr, reprit Scaramouche? Oüy, Monſieur, répondit le Medecin. Hé bien, huit jours plus ou moins, ajouta-t-il, ſont une bagatelle pour un homme qui a tant veſcu, & ne valent pas la peine que je me prive d'un bon plat de *vermicelli* : qu'on me faſſe ma ſoupe bien ample, & qu'on m'aille appeller mon Confeſſeur.

Aprés qu'il eut conferé quelque temps

avec celuy à qui il avoit confié le ſoin de ſon ame, il mangea ſa ſoupe de *vermicelli*, & bût encore plus qu'à l'ordinaire.

Le ſoir il redoubla la doze, & mangea d'auſſi bon appetit qu'il eût jamais fait.

Mais helas! voicy le moment fatal où la mort avoit reſolu de terminer le cours d'une ſi belle vie.

Sur les deux heures aprés minuit voyant qu'il ne pouvoit dormir, il fit venir trois jeunes garçons Tapiſſiers du meſme logis, avec leſquels il joüa aux cartes. Quelques momens en ſuite il leur dit: Continuez mes enfans, divertiſſez-vous, mais ne me détournez pas dans mes prieres.

Pendant un quart d'heure il prononça tout haut pluſieurs Oraiſons qu'il ſçavoit par cœur; & lors qu'il fut à ces paroles du Pater *Sicut in cœlo & in terra*, il jetta un ſoupir, qui fut le dernier de ſa vie.

Outre un legs conſiderable qu'il a fait à une Maiſon Religieuſe, il a laiſſé à ſon fils, qui eſt un Preſtre ſçavant & d'un grand merite, tout le bien qu'il avoit en France & en Italie, qui ſe monte à la valeur de prés de cent mille écus.

Voila quelle fut la fin du plus illuſtre Comedien qui ait jamais paru ſur le Theatre Italien ; & l'on peut dire ſans hyperbole, que la nature aprés l'avoir fait en caſſa le moule.

Il a eſté regreté de tout le monde, & meſme de ſes Confreres, quoy que depuis cinq ans il tiraſt ſa part dans la Comedie ſans y joüer.

Une foule extraordinaire de toutes ſortes de perſonnes accompagna ſon corps juſques dans l'Egliſe de ſaint Euſtache, où il fut inhumé avec une grande pompe le huitiéme Decembre 1694.

FIN.

EXTRAIT DV PRIVILEGE

du Roy.

PAr Lettres Patentes du Roy, données à Verſailles le 7. Janvier 1695. Signées SEGONZAC, & ſcellées du grand Sceau : Il eſt permis à ANGELO CONSTANTINI, Comedien Ordinaire de Sa Majeſté, de faire Imprimer un Livre intitulé *La Naiſſance*, *Vie & Mort de Scaramouche*, & iceluy faire vendre & debiter en tous les lieux de l'obéïſſance de Sa Majeſté, pendant le temps *de huit années* conſecutives ; à commencer du jour qu'il ſera achevé d'imprimer pour la premiere fois. Avec deffenſes à toutes perſonnes de quelque qualité qu'elles ſoient, d'en rien imprimer, vendre ni debiter, ſur les peines & amendes portées par le Privilege.

Regiſtré ſur le Livre de la Communauté des Libraires & Imprimeurs de Paris, le 26. Janvier 1695. ſuivant l'Arreſt du Parlement du 8. Avril 1653. & celuy du Conſeil Privé du Roy du 27. Fevrier 1665.

Signé P. AUBOUYN, Syndic.

Achevé d'Imprimer pour la premiere fois, le 15. Mars 1695.

NOTES

Épître

1. *A Son Altesse Royale Madame.* Il s'agit ici d'Elisabeth-Charlotte, fille de l'électeur palatin Georges-Louis, née au mois de septembre 1652. Monsieur, duc d'Orléans (frère de Louis XIV), veuf d'Henriette d'Angleterre, l'épousa le 16 novembre 1671. Elle mourut le 8 décembre 1722, un an après son fils le Régent. Son nom officiel était Madame, duchesse d'Orléans ; mais l'histoire lui a conservé celui de princesse Palatine.

2. *Brèveté* l'emportait à cette date sur *brièveté*, qui a prévalu. Voyez à ce sujet *les Doutes sur la langue françoise* du P. Bouhours, Paris, 1674.

3. Vers de Loret sur la mort supposée de Scaramouche *Muse historique*, 11 octobre 1659.

4. Désaveu de la nouvelle de la mort de Scaramouche, par le même : *Muse historique*, 18 octobre 1659.

Préface

1. *Segniùs irritant animos...* Les choses que l'on entend frappent moins vivement l'esprit que celles qui sont fidèlement représentées devant les yeux.

2. « Cet auteur qui sous le spécieux titre d'*Arlequiniana* ... » Charles Cotolendi, très-fécond écrivain du temps.

Vie de Scaramouche

Page 8. « Ce qui vient par la flûte s'en retourne ordinairement par le tambour, » c'est-à-dire le bien acquis facilement ou injustement s'en va de même. *Dictionnaire comique....* de Leroux, au mot *Tambour*.

Ibid. Cremillère pour *crémaillère*.

Page 60. « Ce fameux goulu qui se mouchoit dans les meilleurs plats pour avoir le plaisir de les manger tout seul. » C'est à peu près ce que Plutarque raconte de Philoxène et de Gnathon de Sicile, au traité *De latenter vivendo*, ch. I. Rabelais (prologue du livre V) a parlé aussi de ces deux gourmands, « anciens architectes de leur monachale et ventrale volupté, lesquels en pleins banquets, lorsqu'estoient les friands morceaux servis, crachoient sur la viande afin que par horreur autres qu'eux n'en mangeassent. »

Page 65. « Vers l'année mil six cent soixante. » On a vu dans l'introduction que cette date n'est pas celle du premier voyage de Fiorilli en France, où il avait paru bien antérieurement.

Page 85. « Une grizette, » c'est-à-dire une petite bourgeoise, une fille d'artisan ou de petit marchand. Molière a employé ce mot :

> Ils n'ont de livres et de bancs
> Que pour mesdames les grisettes.
> (*Bourgeois gentilhomme*, V, 1re entrée.)

Ce nom venait probablement de la petite étoffe grise ou grisette dont parle Scarron au Ier chapitre du *Roman comique* : « Son pourpoint étoit une casaque de grisette, etc., » étoffe servant à l'habillement des personnes de la classe inférieure. Champmeslé, le mari de la célèbre tragédienne, a composé une comédie en un acte intitulée : *les Grisettes ou Crispin chevalier* (1671).

Page 84, chap. XXX. L'anecdote de la huche est dans tous les anciens contes, dans les fabliaux, dans les *Cent Nouvelles nouvelles*, et partout. Il est vrai qu'elle a pu être renouvelée par le boulanger parisien aux dépens de Scaramouche.

Page 89. « Et passoit, comme on dit, bien des choses au gros sas. » Métaphore tirée du tamis de crin qui sert à passer la farine, le plâtre, etc., et dont le tissu est plus ou moins gros ou plus ou moins fin et serré. Passer au gros sas est une manière de parler pour dire : dissimuler, feindre, fermer les yeux, faire semblant de ne pas voir, ne prendre point garde de si près. (*Dictionnaire comique* de Leroux.)

Page 90. « De peur que la servante ne ferrast la mule. » Ferrer la mule est une ancienne expression signifiant tromper sur le prix d'une chose qu'on achète pour le compte d'autrui. On dirait maintenant : faire danser l'anse du panier.

Page 105. L'histoire du plat de *vermicelli* rappelle l'anecdote d'Athénée que La Fontaine a rimée parmi ses contes. Un glouton meurt pour avoir mangé une trop grande quantité d'esturgeon. Il demande s'il en réchappera ; on lui répond que non et qu'il mette ordre à ses affaires :

Mes amis, dit le goulu,
M'y voilà tout résolu ;
Et puisqu'il faut que je meure,
Sans faire tant de façon,
Qu'on m'apporte tout à l'heure
Le reste de mon poisson.

www.ingramcontent.com/pod-product-compliance
Ingram Content Group UK Ltd.
Pitfield, Milton Keynes, MK11 3LW, UK
UKHW012037240726
13965UKWH00003B/851